となりの豊熟未亡人

早瀬真人
Mahito Hayase

三交社 文庫

目次

※この作品は艶情文庫のために書き下ろされたものです。

プロローグ

（……いやだわ）

暗闇《くらやみ》の中で、女の溜《た》め息《いき》が微《かす》かに洩《も》れ聞こえる。

絨毯《じゅうたん》の上に横たわる杉原可菜子《すぎはらかなこ》は、背後から伝わるムンムンとした熱気に眉《まゆ》をひそめた。

意識しないようにしても、知らずしらずのうちに聴覚を研ぎ澄ませてしまう。

こんなことになるのなら、家でじっとしていたほうがましだったのではないか。

そう思う一方、一年半前の不幸が頭にこびりついて離れなかった。

最愛の夫が交通事故で他界したときは、どれほどの悲嘆に暮れたことか。

結婚生活は七年で終焉《しゅうえん》を迎え、今は実家に戻り、アパートを経営する母と二人で暮らしている。優しかった夫の面影ばかりを思い浮かべ、一周忌が過ぎても悲しみが癒《い》えることはなかった。

そんな可菜子を心配した学生時代の親友、野々宮美貴《ののみやみき》と高藤理沙《たかとうりさ》が気分転換にと旅行に誘ってくれたのだが、まさかこんな展開が待ち受けていようとは……。

（だいたい、美貴は昔から自分勝手なのよ）

海の家でバイトをしている若い男性に誘いの言葉をかけたときは、開いた口が塞《ふさ》がらなかった。

美貴は発展的な性格で、合コンなどで出し抜かれたことは一度や二度ではなく、異性との交遊関係が呆《あき》れるほど派手だったのだ。

さんざん遊んできたのに、彼女は大学四年時に十六歳も年上の資産家の息子兼医師をゲットし、卒業後にさっさと結婚してしまったのである。

二人の子供が小さいうちはおとなしかったのだが、子育てが一段落し、またぞろ悪い虫が騒ぎはじめたのだろう。

（おかしいと思ったわ。お金がもったいないから、ホテルじゃなくて、うちの別荘に泊まろうだなんて。初めから、若い男の子を引っかける目的だったのね）

彼は垣原順平《かきはらじゅんぺい》と名乗り、地元の大学に通っている四年生らしい。就職活動の合間に、親戚《しんせき》が経営する海の家でバイトをしていると言っていた。

爽《さわ》やかな笑顔、贅肉《ぜいにく》のいっさいないスラリとした体型は若々しく、美貴は海の家を利用した初日から目をきらめかせていたのだ。

ひと回り年上のおばさんに声をかけられ、さぞかし迷惑なのではないか。

そう思ったのだが、彼はふたつ返事で了承し、バイトを終えたあとに別荘を訪れ、宴はソファから絨毯に腰を落とした体勢から午前様まで続いた。

理沙に続いて順平、可菜子と酔いつぶれ、雑魚寝《ざこね》の状態になったところまでは覚えているのだが……。

(今、いったい何時かしら)

異様な雰囲気から身動きがとれず、横目で理沙の様子をうかがう。

キャリア志向の強い人妻は同じように背を向けており、ピクリとも動かずに寝息を立てていた。

(やだ……私だけ目が覚めちゃったの?)

いったい、どうしたらいいのか。とりあえず、今は息を潜めてじっとしているしかない。

キスぐらいならまだしも、友人がそばにいるなかで最後の一線は越えないだろう。それでも不安の影が忍び寄り、エアコンが効いているにもかかわらず、肌が汗でべたついた。

果たして、順平は起きているのだろうか。宴会の最中、トイレに席を立ったときの光景が脳裏をよぎり、胸がモヤモヤしだす。

彼はすかさずあとを追ってきて、いきなり愛の告白をしてきたのだ。ひと目ぼれした、あなたのことが好きだから、美貴さんの誘いに乗ったのだと。

びっくりしたのも束《つか》の間、青年の顔は酒に酔って真っ赤だった。

とても本心とは思えず、もとより三十六歳と大学四年生では釣り合いが取れるはずもない。軽くたしなめたのだが、飾り気のないストレートな言葉は未亡人の心を少なからず揺さぶった。

(だから、余計に気になるのかしら？　ううん……昨日今日、会ったばかりの男と美貴がどうなろうと、どうでもいいじゃない)

割り切ろうと目を閉じたものの、ガラステーブルの向こうから伝わるいかがわしい雰囲気にまんじりともしない。

「ん、むっ……あ」

やがて順平の低い声が耳朶《じだ》を打ち、可菜子はハッとして身構えた。

異様な気配に目を覚ましたとしか思えず、手に汗握る。

未亡人は目を開け、いつの間にか耳に全神経を集中させていた。

第一章　セレブ夫人との甘い一夜

1

（あ、あれ……ここはどこだ？）

薄暗い天井を見上げた順平は、ズキズキとした頭の疼《うず》きに顔をしかめた。

明らかに二日酔いの症状で、思考が今ひとつ働かない。

甘い芳香と熱い溜め息が頬《ほお》をすり抜け、目を大きく見開く。

（あ、あ、そうだ。俺、色っぽいおばさんに別荘へ誘われて、しこたま酒を飲まされたんだ）

途中から記憶がなく、そのまま寝てしまったとしか考えられなかった。

柔らかい肌が密着し、軽いウェーブのかかったロングヘアが視界に入る。寄り添う女性は紛れもなく美貴で、順平は困惑げに肩を窄《すぼ》めた。

美しい三人組の女性を前に、スケベ心がなかったと言えば嘘《うそ》になる。それぞれ魅力的な女性ではあったが、中でもいちばん目を惹《ひ》いたのが可菜子だった。

清潔感溢《あふ》れるボブヘア、涼しげな目元、小さな鼻、ふっくらした唇。ベビーフェイスの美女はストライクゾーンのど真ん中で、年上好みの青年はたちまちハートを射抜かれた。

となりにいる女性が彼女だったら、今頃は浮かれまくっていたに違いない。美貴が足を絡め、頰にソフトなキスをしてくると、順平は気まずげに身をよじった。

記憶をなくす前、トイレの前で可菜子に告白した事実を思いだしたのだ。

（ああ……しまった。酔いに任せて、とんでもないこと言っちゃったんだ。もし美貴さんとエッチなんてしたら、絶対にいい加減な男だと思われるよな）

彼女らの素性は、東京に住んでいること、可菜子が未亡人で美貴と理沙が子持ちの人妻だということ、てっきり三十前後だと思っていたのが、実際は三十六歳だということ以外は知らない。

単なるワンナイトラブだと割り切ればいいのだが、可菜子の愛くるしい顔立ちを思いだすたびにためらいが生じる。視線を逆側に振れば、可菜子らしき女性が背を向けた状態で横たわっていた。

彼女のとなりには理沙と思われるセミショートヘアの女性が、やはり同じ体勢で寝転んでいる。

（二人とも、寝てるのか？　どうすりゃいいんだ……あ）

思案を巡らせるなか、ハーフパンツの中心部に甘美な電流が走る。視線を落とすと、ほそやかな指が股間《こかん》の膨らみをツンツンとつついていた。

「お……ふっ」

自分の意思とは無関係に、熱い血流が海綿体になだれこむ。

（ヤバっ、ヤバいっ！）

必死の形相で気を逸《そ》らそうにも、蒼《あお》い性欲は熟女が与える刺激に抗《あらが》えない。

パンツの中のペニスが体積を増し、みるみる小高いテントを張った。

「ふふっ……すごいわ。こんなになっちゃって」

耳元で囁《ささや》かれ、背筋がゾクゾクすると同時に牡《おす》の淫情がほとばしる。

（あぁ……だめだ、だめだよ）

理性とモラルを手繰り寄せようにも、美貴の指先は繊細な動きを見せつつ性感ポイントを的確に攻めたてる。

精通を迎えてから、順平は恐ろしいほどの性欲に苛《さいな》まれ、毎日のように自慰行為を繰り返した。

朝から晩まで女性の裸体が頭に浮かび、日に五回射精したこともある。

大学二年時に同級生とつき合ったときは盛りがついてしまい、会うたびに身体《からだ》を求めたことから、わずか半年の交際で別れを告げられた。

元カノの口から出た「ケダモノ」という言葉が、いまだに忘れられない。

そのときのトラウマが尾を引き、以来女性との接点はなかったが、本能は女体が与えてくれる快楽を欲していたのだろう。

ペニスは今や完全勃起《ぼっき》し、ムラムラした欲情が暴風雨のごとく吹き荒れた。

(それにしても、この人……どういうつもりなんだよ)

ウェーブのかかったセミロング、切れ長の目、真っ赤なルージュに唇の下の艶《つや》ボクロ。マリリン・モンローを彷彿《ほうふつ》とさせる外見は確かに色っぽかったが、二十六歳の人妻が友人のいるそばで不埒《ふらち》な行為を仕掛けてくるとは予想だにしなかった。

彼女の様子をチラリと見やれば、目はとろんとし、酩酊《めいてい》しているとしか思えない。もしかすると、アルコールが入ると我を忘れるタイプなのか。

(何にしても、こんなところでエッチなんてできないよ。かといって、このまま中止にしたら蛇の生殺しだし。あぁ、やりたい！　やりたいよっ‼)

熟女三人組は、明日の午前中に帰京すると言っていた。連絡先を聞いていない以上、久方ぶりに女体を抱くチャンスはこの日このときしかないのだ。

猛々《たけだけ》しい欲望が脳裏を支配し、気持ちが美貴との情交に傾きはじめる。

不本意ではあったが、一夜の戯れ、おいしい思いをしたと割り切るしかないのか。

(……待てよ。就職は都内を希望しているわけだし、可菜子さんに連絡先を聞いておけば、次があるかもしれないよな)

結婚している他の二人と違い、意中の人だけは独身なのだ。行動に大きな制限があるわけではなく、人目を忍んで密会する必要もない。

青年のスケベ心は美貴との情交だけにとどまらず、可菜子との甘いひとときまで引き寄せた。

(そのためには……なんとしてでも、美貴さんをここから連れださないと。寝室でも客間でも、空いてる部屋はいくらでもあるはずだし)

二階建ての別荘は広く、わざわざリビングで肌を合わせることはないのだ。

「あ、あの、待ってください……」

提案しようとした刹那《せつな》、美貴は手で口を塞ぎ、またもや耳元で囁いた。

「声を出すと、二人に気づかれちゃうわ」

「む、むうっ」

「私、久しぶりに昂奮《こうふん》してるんだから」

美貴という女性は、元々アブノーマルな嗜好《しこう》があるのかもしれない。

チューブトップ越しの豊乳を腕に押しつけられ、身を起こすことすらままならず、順平はハーフパンツのホックが外されたところで冷や汗を垂らした。

（ちょっ……マジかよ）

手を払いのけるぐらいはできるのだが、どうしても身体が動かない。

熟女の機嫌を損ねたら、千載一遇のチャンスを無駄にしかねないというケチな心理も働いた。

Tシャツをたくしあげられ、乳首を長い舌で舐《な》め転がされる。

「く、くうっ」

パンツのジッパーが下ろされると、ボクサーブリーフのフロントはもっこりし、頭頂部には早くも前触れのシミが浮きでていた。

熟女は陰嚢《いんのう》から裏茎を優しく撫《な》であげ、青白い性電流が背筋を駆け抜ける。

やがて窓から射しこむ月明かりが、熟女の顔をぼんやり照らした。しっとり潤んだ瞳《ひとみ》、真っ赤な唇、生き物のように蠢《うごめ》く舌。三人の熟女の中で、セクシーさという点では間違いなくナンバーワンだ。

手のひらが裏茎を往復するたびに、荒ぶる淫情が理性を呑《の》みこんでいく。

（あ、ああ……も、もう）

切羽詰まった状態に追いつめられ、次第に可菜子の面影が消え失せた。二兎《にと》を追う者は一兎《いっと》をも得ずではないが、清廉な美熟女との次の機会はあきらめるしかないのか。

美貴が身を起こし、横座りの体勢から上体を順平の下腹部に向ける。すかさず官能的なカーブを描くヒップが目に入り、鼻の穴が目いっぱい開いた。

ホットパンツ越しの豊臀《ほうでん》は蕩《とろ》けんばかりの熟脂肪をみっちり詰めこみ、男心をこれでもかと惹きつける。

生唾《なまつば》を飲みこんだ瞬間、ハーフパンツがブリーフごと捲《めく》られ、順平は反射的に床から臀部を浮かせた。

下腹部を包みこんでいた布地が膝元《ひざもと》まで下ろされ、剛直と化した逸物が反動をつけて跳ねあがる。

パンパンに張りつめた亀頭、えらの張った雁首《かりくび》、ミミズをのたくらせたような静脈。フル勃起したペニスは股間から隆々と反り勃《た》ち、自分の目から見ても、おどろおどろしい様相を呈していた。

(み、見られてる。人妻にチ×ポを見られてる!!)

性的な昂奮に続いて大いなる期待感が襲いかかり、全身が性の悦《よろこ》びに打ち震える。美貴は微動だにせず、切なげな表情から小さな溜め息をこぼした。

「あぁ……すごいわ。大きくてコチコチ」

男性器のサイズを人と比べたことはないので、大きいのか小さいのかはわからない。ただ元カノとは挿入がうまくいかず、セックスをするたびに痛いと言っていたことだけは覚えていた。

図らずも、オナニーのしすぎがペニスを成長させたのかもしれない。

美貴は唇を舌でなぞりあげ、しなやかな指を肉幹に絡めた。

「お、ふっ」

軽いスライドだけでも青筋が脈動し、鈴口から先走りの液が滴り落ちる。自分の指とはひと味もふた味も違う快感に、順平は口をへの字に曲げた。

(はあはあ……このあと、どうするんだよ)

現状を考えれば、自分から積極的に動くのは気が引ける。虚《うつ》ろな目で様子をうかがうなか、美貴は身を屈《かが》め、怒張の横べりにソフトなキスを見舞った。

チュッチュッという音に続いて、唇のあわいから差しだされた舌が根元から雁首まで這《は》いのぼる。

大量の唾液《だえき》がまぶされ、玉虫色に濡《ぬ》れ輝くペニスが何とも卑猥《ひわい》に見えた。

美貴は舌先をくるくる回転させ、鈴口で珠を結んだ透明液を掬《すく》い取る。

元カノはオーラルセックスを毛嫌いしたものだが、経験豊富であろう人妻は微笑をたたえて剛直をもてあそんだ。

（お、おう、すげえ……若い女の子とは、やっぱり違う！）

荒々しい息継ぎを繰り返した直後、熟女は口を大きく開き、牡の肉をがっぽり咥《くわ》えこんでいく。

「く、くふぅ」

顔がゆったり沈みこみ、肉の棍棒《こんぼう》がズズズッと根元まで埋めこまれた。

（お、おぉ……ディープスロートだ）

ぬめぬめした生温かい粘膜がペニス全体を包みこみ、あまりの気持ちよさに陶然としてしまう。先端を喉《のど》の奥でキュッキュッと締めつけられると、順平は巧緻《こうち》を極めたテクニックに目を見張った。

「ン、ふぅ」

美貴は男根の量感をたっぷり味わったあと、鼻から甘い吐息を放ち、顔を引きあげる。そして、軽やかなピストンから肉筒に快美を吹きこんでいった。

ふしだらな抽送音が聴覚を、捲れあがった唇、ぺこんと窄めた頬が視覚を刺激する。

（あ、あ、すごいや。これが人妻のフェラ）

激しい口戯を瞬《まばた》きもせずに見守るなか、首の打ち振りはますます速まり、怒張が口の中でのたうちまわった。

フェラチオだけで身が蕩けそうなのだから、セックスではどれほどの快美を与えてくれるのか。

（む、ぐうっ……やばい、すぐにイッちゃいそうだ）

久方ぶりの情交の前に、暴発するわけにはいかない。気を逸らそうと顔を横に振れば、くなくなと揺れるヒップが視界に入った。

よく見ると、内腿《うちもも》をすり合わせており、どうやら彼女も性的な昂奮を募らせているらしい。震える手を伸ばし、弾力感に富んだ双臀を撫でまわす。

（おっきい……それに、ふわふわしてる。あぁ、やりたい……やりたくて、脳みそが爆発しちゃいそうだ）

一瞬にして鋭さを増した青年の目は、むちむちしたヒップと太腿の中心にある股《また》の付け根に向けられた。

「ン、ふっ⁉」

指を股ぐらにそっと差し入れれば、美貴は顔の動きをピタリと止める。

（あ、あ……ぐしょ濡れだ！）

ホットパンツの船底は、すでにおびただしい量の花蜜《かみつ》でぬめり返っていた。

布地を通して、まさかこれほどの淫水を溢れさせていたとは……。

女性の性的欲求がいちばん強い時期は三十代後半だと聞いたことがあるが、若い女性とは反応も愛液の湧出も比べものにならない。

（やっぱり、熟女は最強の女神かも）

妙なところで感心し、指を前後させれば、美貴は鼻から途切れ途切れの吐息を洩らす。

粘っこい愛蜜が指先に絡みだし、ヒップが小刻みに震えだすと、順平はクリトリスの位置に当たりをつけて腕を振りたくった。

できれば女肉を直接撫でつけたかったのだが、美貴は足をぴったり閉じているため、ホットパンツの裾《すそ》から指を差しこめない。

（もしかすると、指だけでイカせられるかも）

一度エクスタシーに導いてやれば、部屋から連れだせるチャンスが芽生えるのではないか。性感ポイントへ執拗《しつよう》な刺激を与えたものの、淫蕩《いんとう》な人妻はひと筋縄ではいかなかった。

顔を猛烈な勢いで上下させ、飢えた獣のようにペニスを貪《むさぼ》りはじめたのだ。

ぐぽっ、じゅぽっ、ぐぷっ、ぬぽっ、じゅぷん、ぢゅーっ、ぢゅるるっ！

口内を真空状態にさせ、首を左右に振り、ペニスが根元からもぎ取られそうなほど吸引される。

（あ、くうぅぅっ）

睾丸《こうがん》の中の淫液が荒れ狂い、順平は怯《おび》えた表情で身を強《こわ》ばらせた。

派手な音が室内に響き渡り、可菜子や理沙に気づかれるのではないかとうろたえる。美貴は意に介さず、男根をぐっぽぐっぽと舐めしゃぶった。

「ンっ！　ンっ！　ンっ！」

鼻からリズミカルな喘《あえ》ぎを洩らし、怒張が縦横無尽に嬲《なぶ》られる。スライドのたびに舌が縫い目を這いまわり、あまりの快感に目の前がチカチカした。

（う、嘘だろ……こんな激しい音を立てたら……二人が起きちゃうよ）

怖くて、可菜子と理沙の様子を確認できぬまま、快楽の風船玉は遠慮なく股間の中心で膨らみつづける。

丹田に力を込めても役には立たず、灼熱《しゃくねつ》の溶岩流が射出口を何度もノックした。

「く、くうっ」

このまま、堪《こら》えきれずに射精まで導かれてしまうのか。最後の踏ん張りとばかりに、順平は歯を食いしばり、こめかみの血管をひくつかせた。

2

（あぁ、もう……おかしな気分になっちゃう）

子猫のような鼻にかかった声音と、ふしだらな水音が耳にまとわりついて離れない。想像力が掻《か》きたてられ、淫《みだ》らな光景が次々と頭に浮かんでは消える。

両の乳房が張りつめ、可菜子は女芯《にょしん》に走る激しい疼きに戸惑った。

腰を微かにくねらせれば、股ぐらの奥でくちゅんと跳ねた淫蜜が秘裂から滾々《こんこん》と溢れだす。

夫を亡くしてから一年半、異性との性交渉は一度もない。

自らの指で慰めたことはあったが、寂しさを紛らわせたい心情が強く、肉体的な欲求に耐えられないというわけではなかった。

若い男性と友人の破廉恥な行為が、肉体の奥底で眠っていた牝《めす》の本能を呼び覚ましたのか。内から噴きだした情欲は、もはや鎮火させられないほど燃えあがっていた。

できることなら秘園に手を伸ばし、ひりつく肉芽を掻きくじりたい。震える手を股間にあてがうも、あまりの惨めさからすんでのところで思いとどまる。

理沙の様子を盗み見すれば、熟睡しているのか、いまだに寝息を立てていた。

彼女は自分と違い、仕事に育児に家事と忙しい日々を過ごしている。

おそらく、日頃の疲れもあるのだろう。

青年と美貴が不埒な行為に耽《ふけ》っている事実に気づいていない彼女が、羨《うらや》ましいとさえ思えた。

気持ちだけでも落ち着けようと深呼吸を繰り返すも、背徳的な戯れはいつ果てることもなく続き、荒い息づかいにムンムンとした熱気が押し寄せる。

（あぁ、あのいやらしい音……きっと、あれをしてるんだわ）

背後から聞こえてくる猥音《わいおん》が、どうしても気になって仕方がない。ついに自制できなくなった可菜子は、肩越しに恐るおそる振り返った。

（……あ）

カーテンの隙間《すきま》から射しこむ月光が、ちょうど彼らの姿を照らしだす。

目を凝らせば、美貴が前屈みの体勢から青年の股間に顔を埋《うず》めていた。

セミロングの髪を掻きあげ、顔を上下に揺らし、肉の塊を咥えこんでいる姿に息を呑む。

ギンギンに反り勃つ逸物は、異様なほど長大に見えた。

亡夫のペニスと比べると、ゆうにふたまわりは大きいのではないか。

（い、いやらしい）

逞《たくま》しい男根もさることながら、口戯に没頭する美貴の顔つきも淫らだった。

眉をハの字に下げ、頬を鋭角に窄め、鼻の下を伸ばした容貌《ようぼう》に、ふだんの貴婦人の面影は微塵《みじん》も見られない。妻と母の顔をかなぐり捨て、ひたすら牝の本能に衝《つ》き動かされているとしか思えなかった。

嫌悪感を抱いたのはほんの一瞬だけで、空気混じりの濁音が鼓膜を揺らすたびに胸が締めつけられ、いてもたってもいられなくなる。

(こんな気持ちになるなんて……)

可菜子はオーラルセックスが大の苦手で、夫から求められたときはいやいや従い、おざなり程度のおしゃぶりでその場を繕うしかなかった。

その自分が、目の当たりにした口戯に息を弾ませている。

いったい、なぜ……。

己の肉体に、何が起こっているのか。

中心部から逆巻く欲望をまったく自制できず、女の大切な箇所が溶鉱炉のように熱化した。

股間に押し当てた手がピクリと震え、恥丘の膨らみをそっと撫でさするも、望んでいた悦楽にはあまりにも程遠い。

(……あ)

暗闇に目が慣れてくると、順平の左手が美貴のヒップ側に回っているのがわかった。褐色の腕が動くたびに、彼女は顔をしかめて切羽詰まった声を洩らす。

彼の指先は、間違いなく女の性感ポイントをとらえているのだろう。

よほど気持ちいいのか、美貴は黒曜石にも似た瞳をうるうるさせ、腰を悩ましげにくねらせた。

（はぁあぁっ）

自分がされているような錯覚に陥り、内腿をすり合わせてはクリットに快美を吹きこむ。次の瞬間、美貌《びぼう》の友人はペニスを口から吐きだし、自らホットパンツをショーツもろとも引き下ろした。

足首から抜き取られた布地が放りだされ、美貴が青年の顔を大きく跨《また》ぐ。

（あ……やっ⁉）

シックスナインの知識はあったものの、獣じみた行為を目の前で見せつけられようとは夢にも思っていなかった。

「ン、はっ、はっ、もっと、もっと舐めて……そう、そうよ、舌をくねらせて、クリットをこそげ落とすように……ン、はぁあっ」

はしたない水音が鳴り響き、美貴が上体を反らして喘ぐ。順平の口元は、瞬く間にとろみの強い淫蜜で照り輝いていった。

「あぁ……気持ちいいわぁ」

彼女は小さな声で呟《つぶや》いたあと、前のめりの体勢から反り勃つ棍棒を再び口に招き入れた。

くぽ、ちゅぽっ、ちゅぷ、ぬぽ、ぷぽっ、ぢゅる、ちゅぷ、ちゅぷっ！

またもや猥音が高らかに響き、くねくねと蠢く女体のシルエットに脳神経が麻《ま》痺《ひ》していく。

美貴は髪を振り乱し、艶々した唇で怒張をこれでもかとしごいた。

（あぁ……いやぁっ）

親友が繰り広げる荒々しい口戯を、瞬きもせずに見つめてしまう。可菜子は唇の狭間《はざま》で舌を物欲しげにすべらせ、喉をコクンと何度も鳴らした。

理性が徐々に忘却の彼方に吹き飛び、本能だけが一人歩きを始める。

これ以上は、肉体の疼きに耐えられそうになかった。

女芯はひりつきが収まらず、プライベートゾーンは大量の愛蜜でぬめり返っているのだ。

片手で乳房を鷲摑《わしづか》み、股間にあてがった指に力を込めた瞬間、美貴がペニスを吐きだし、上ずった声で言い放つ。

「も、もう……我慢できないわ！」

美貌の熟女はロングヘアを掻きあげ、ヒップを順平の下腹部にずらした。

足を大きく広げ、剛直を垂直に起こし、真っ赤に膨れた亀頭の先端を自身の股ぐらに押しこむ。

「ンっ、あなたの……お、大きいわ」

やはり、青年の逸物は人並み以上のサイズらしい。

美貴が腰の動きを止め、双眸《そうぼう》を閉じると、可菜子はようやく我に返った。

酔っていたとはいえ、愛の告白をしてきた青年が友人と道ならぬ関係を結ぼうとしているのだ。

得体の知れない様々な感情が入り乱れ、人間らしい気持ちを取り戻す。

（こ、こんなの……見たくないわ）

可菜子は二人から目線を外し、ゆっくり身を起こした。

四つん這いの体勢から立ちあがり、足音を立てずにリビングの出入り口に向かう。

「……ンっ⁉」

美貴の小さな悲鳴に続き、にちゅくちゅと卑猥な肉擦れ音が聞こえてくるなか、可菜子は振り返ることなくリビングを出ていった。

3

（ああ……バレちゃった）

暗闇の中で、黒いシルエットがゆらりと揺らめく。

寝転んでいた場所から察するに、人影は可菜子に違いなかった。

彼女の姿を横目でうかがいつつ、泣きそうな顔で臍《ほぞ》をかむ。

泥酔状態からの思わぬ展開に自制心が働かず、今となっては節操のない自身の性欲が恨めしかった。

美貴と肉の契りを交わした以上、可菜子との次の機会は水の泡と化したのだ。

悲しみに打ちひしがれるも、ペニスは萎《な》える気配を見せず、甘いひとときを待ちわびるかのようにひくついた。

亀頭の先端が濡れそぼつ割れ目にあてがわれ、官能電流が牡の本能をあおる。

ぬめぬめの陰唇が左右に開き、肉の弾頭がしっぽりした粘膜に包まれる。

「む、くう……」

「ンっ、あそこが……裂けちゃいそう」

雁首が引っかかり、膣口《ちっこう》をなかなかくぐり抜けない。丸々としたヒップが徐々に沈みこむや、突きでたえらに走った圧迫感が急に消え失せた。

「……ンっ⁉」

「お、おぉ」

ペニスは勢い余って膣の奥に埋めこまれ、下腹と彼女の恥骨がピタリと合わさった。

ついに、人妻と禁断の関係を結んでしまったのだ。リビングの入り口に目を向ければ、可菜子の姿は視界から消え去っていた。

（もう……あきらめるしかないよな）

後悔したところで、今さらどうしようもない。

順平は美熟女の面影を頭から追い払い、目の前の出来事に神経を集中させた。

（そうだよ……人妻とエッチできる機会なんて、滅多にないんだから……とことん楽しまないと）

二人の熟女と関係を結ぶこと自体、虫がよすぎるし、贅沢《ぜいたく》を言ったらバチが当たるというものだ。

やがて美貴は、ゆったりした抽送から男根に肉悦を吹きこみはじめた。

締めつけは強すぎず弱すぎず、真綿でくるまれているような感触に目を剝《む》く。

（あ、う……これが……人妻のおマ×コ）

ひりつきや抵抗感は少しもなく、こなれているという表現がぴったりだろうか。ねとついた媚肉《びにく》は温かくて柔らかく、ペニス全体にべったりと絡みついた。

（元カノのあそこは締めつけが強烈で、チ×ポに痛みが走るほどだったけど、こんなに違うんだ）

考えてみれば、人妻の性体験は独身女性とは比較にならぬほど多いはずなのだ。もしかすると、出産経験も影響しているのかもしれない。

何にしても、順平は怒張を覆い尽くすとろとろの肉感に酔いしれた。

「はあっ、ホントに大きくて硬いわ。見かけによらず、女の子たちを泣かせてきたのね」

実際の性体験人数は、元カノの一人だけなのだ。気まずげに口元を歪《ゆが》めたものの、褒められて悪い気はせず、男としての自信が漲《みなぎ》る。

（そうか……俺のって、そんなに大きいんだ。やっぱり、オナニーのやりすぎがチ×ポを成長させたのかな）

一転してにんまりした直後、美貴がヒップを前後にスライドさせた。

愛液にまみれた媚肉が剛直を引き転がし、下腹部が蕩けそうな快美に身を引き攣《つ》らせる。

「ぐ、くうっ」

巨根の感触を堪能《たんのう》しているのか、熟女はヒップを軽やかにシェイクさせたあと、足をM字に開いて上下のピストンを繰りだした。

バツンバツンと肉の打音とともに、まろやかな臀丘がババロアのごとく揺れる。

（ああ、すげえヒップ。下腹に受ける圧迫感も、半端じゃないぞ）

後背騎乗位は初めて経験する体位で、順平は迫力溢れる壮観な眺めに感嘆しつつ、双臀に手を這わせて押し広げた。

（あぁ、入ってるとこが丸見えだ）

筋張った肉筒が膣の中への出し入れを繰り返し、水飴《みずあめ》にも似た淫蜜が結合部から垂れ滴る。ヒップのスライドは徐々に熱を帯びはじめ、ラブジュースがにっちゅくっちゅと淫らな音を奏でた。

「はあ、あなたのおチ×チン、ホントにすごいわ。出っ張りが、気持ちのいいとこに当たるの。すぐにイッちゃいそうよ」

色っぽい熟女はそう言いながら、ヒップをグリンと回転させる。イレギュラーな動きがペニスに峻烈《しゅんれつ》な悦楽を吹きこみ、順平は苦悶《くもん》の表情から腰をよじった。

「ぐ、くうっ」

人妻との情交は多大な快楽を与え、元カノと別れてから一年半のインターバルがあったせいか、抑えがまったく効かない。

挿入してから間もないのに、射精を堪えることだけで精いっぱいだ。

「はあ、やぁ、ンっ、はあぁっ」

「ぐっ、ぐっ」

こちらの心境など露知らず、美貴は豊満なヒップをズシンズシンと打ち下ろす。

あまりの迫力に息が詰まり、全身の毛穴から汗が噴きだした。

エアコンはもはや役には立たず、身体が火の玉のごとく燃えあがった。

(あぁ、すごい、すごすぎるよ)

女盛りを迎えた人妻はこれほど貪欲《どんよく》なものなのか、それとも美貴が特別なのか。

ヒップがビデオの早回しさながら上下し、射精へのカウントダウンが始まる。

「あ、あ……もう……だめです」

耐えきれずに我慢の限界を訴えると、美貴はヒップの動きを止め、甘ったるい声で答えた。

「だめよ、こんなんでイッちゃ」

彼女は肩越しに艶っぽい眼差《まなざ》しを向け、腰をゆっくり上げて膣からペニスを抜き取る。そして身体を反転させ、順平の手首を摑みながら仰向けに寝転んだ。

「今度は、あなたが上になって」

上体を起こされたところで、熟女はなまめかしい表情から大股《おおまた》を開いた。

アーモンドピンクの女陰はザクロのように裂開し、じゅくじゅくした内粘膜が飛びださんばかりに盛りあがっている。

二枚の唇も肉厚で、狭間からとろみがかった淫蜜がツツッと滴った。

「……あぁ」

発達した女肉の花は、やはり若い女性とはまったく違う。逸《はや》る気持ちを抑えた順平はTシャツを頭から剝《は》ぎ取り、足のあいだに腰を割り入れた。

間を置いたことで、放出願望は多少なりとも収まっている。

(大丈夫……何とか保ちそうだ)

反り勃つ肉棒を握りしめ、ぽっかり空いた膣口に亀頭の先端を押し当てれば、淡紅色の媚粘膜がうねりながらペニスを手繰り寄せた。

「う、おっ」

雁首がとば口をぐりぬけ、ぬぷぬぷと膣内に埋没していく。

開脚しているせいか、柔らかい膣肉が上下左右から怒張を優しく包みこみ、筋肉ばかりか骨まで蕩けそうな肉悦に脳の芯がビリビリ震えた。

「ン、はぁぁぁっ」

美貴の両手が背中をパシンと叩《たた》くなか、睾丸の中の白濁液が再び火山活動を開始し、慌てて下腹に力を込める。

射精欲求の先送りに成功した順平は、虚ろな目つきからひと息ついた。

「すごい、すごいわ。クセになっちゃいそう」

月明かりに照らされた熟女の微笑が、やたら淫蕩に見える。

胸がドキリとし、膣の中のペニスがひと際膨張すると、得体の知れない緊張感に見舞われた。

本音を言えば、人妻を満足させるまで我慢できるかどうか自信がない。

「あ、あの、避妊具は着けてないんですけど……大丈夫ですか?」

不安から現実的な質問を投げかければ、美貴は眉尻《まゆじり》を下げ、鼻にかかった声で答えた。

「いいわ。今日は安全日だから、そのまま出して」

思う存分、肉洞の中に牡の証《あかし》をぶちまけられる。一転して高揚した順平は、さっそく腰の律動を開始した。

余裕綽々《よゆうしゃくしゃく》の態度を装い、まずはゆったりしたスライドから結合を深めていく。

「ンっ……はぁあぁ、いい、気持ちいいわぁ」

甘え泣きを聞きながら、さざ波ピストンを繰り返すと、とろとろの膣襞が肉胴にべったり張りつき、一刻も早い放出を促すように揉《も》みこんだ。

（くうっ、熟女のおマ×コって、すげえや。チ×ポが溶けちゃいそうだ）

短いストロークで徐々に快感を吹きこむつもりだったが、その前に暴発してしまいそうだ。快感と自制による苦しみが交互に襲いかかり、細いウエストに添えた手が小さく震える。

「お……うンっ、ンおおっ、ンンッ……んッ！」

本人は声を押し殺しているのだろうが、やたら身をくねらせ、抽送のたびに喘ぎ声が大きくなっていく。

室内に取り残されたもう一人の熟女に目を向ければ、彼女はいまだに背を向けたまま、特別な変化は見られなかった。

（まだ眠ってるのかな？　いや、もう……どうでもいいか。いちばんタイプの人のである。

には、気づかれちゃったんだから)

可菜子の顔が頭を掠《かす》めたのも束の間、強大な快感電流が身を貫いた。

美貴が両足で踏ん張る体勢から腰を突きあげ、恥骨をガツンとかち当ててきた

(……あっ!?)

スローなテンポのピストンでは、もどかしかったのかもしれない。彼女はペニスの抜き差しに合わせ、積極的に下からヒップを打ち振った。

(ぐっ、おおぉぉっ!)

ギンギンの牡の肉が、こなれた媚肉に引き転がされる。七色の光が頭の中を駆け巡り、全身の細胞が歓喜の渦に巻きこまれる。

腰のスライドをストップさせても、美貴は目にもとまらぬ速さで腰をシェイクさせた。

(し、信じられない……こんなの……初めてだよぉ)

熟女の積極的な所為に、快感指数はうなぎのぼりに上昇するばかりだ。

「ンっ、はっ、やっ、いい、いいっ!」

湿った吐息が頬をすり抜けるあいだも、腰のスライドは怯《ひる》む気配をいっこうに

見せず、それどころかますます苛烈《かれつ》さを極めていく。

（あ、あ、だ、だめだ……もう……我慢できない）

奥歯をガチガチ鳴らした直後、思わぬ言葉が耳に届いた。

「あっ、イクっ……イクっ……イッちゃう！」

「……え？」

美貴は腰の動きを止め、身を仰《の》け反《ぞ》らせて顔を歪める。

どこからどう見ても、絶頂に達したとしか思えなかった。

欲求がよほど溜まっていたのか、それともイキやすい体質なのか。

どちらにしても、まさに間一髪という状況だったが、ヒップがわななくたびに収縮した媚肉が怒張を引き絞る。

限界まで息を止めた順平は、かろうじて放出に至らなかった。

上目遣いに様子を探れば、熟女は目を閉じ、満足げな笑みをたたえている。

（よかった……先にイッてくれて。これなら、もう我慢する必要ないよな）

ホッとしたところで、性のパワーがフルチャージされた。

小刻みに痙攣《けいれん》する太腿を抱えこみ、やや前屈みの体勢から本格的な抽送で膣肉を穿《うが》っていく。

「……あ」

薄目を開けた美貴は、苦悶の表情から絨毯に爪《つめ》を立てた。

美貌を左右に打ち振る仕草を目に焼きつけつつ、蒸気機関車の駆動のごとく腰を振りたてる。

「あ、やっ、すごい、すごいわ。もっと、もっと突いて」

彼女の懇願に応《こた》えるべく、順平はフルスロットルのピストンで男根の出し入れを繰り返した。

自分の身体のどこに、これほどのスタミナが潜んでいたのか。

心臓が早鐘を打ち、体温が急上昇する。顎《あご》から伝った汗が、白い腹部の上にポタポタ落ちる。

「ふあっ、やはっ！　あっ、あっ、おあっあぁっ、ひゃうぅっ‼」

美貴の声は完全に裏返り、一オクターブも高い嬌声《きょうせい》が室内に轟《とどろ》いた。

この状況では、理沙も目を覚ましたかもしれない。そうだとしても、今の順平には少しも気にならず、すべての関心は射精の一点だけに向けられていた。

「む、おぉぉぉっ」

反動をつけ、鋭い突きを何度も見舞う。雁首で膣天井を研磨し、甘襞を巻きこみながら深度を高める。

「ああ、いやっ！　イッちゃう、またイッちゃう!!」

深奥部で甘美な鈍痛感が膨らむ頃、美貴は細眉をたわめて二度目の絶頂間近を訴えた。

順平自身も我慢の限界を迎え、白濁の溶岩流が睾丸の中で乱泥流のごとくうねりだす。背筋がゾクゾクし、ただれた淫欲をコントロールする術《すべ》を失う。

「はあっ……イクっ、ぼくもイキます！」

「イッて！　たくさん出して!!」

放出の許可を受け、がむしゃらに腰を振りたてれば、媚肉がまたもや収縮し、男の証を強烈な力で締めつけた。

「やぁあぁぁ……イクっ！　イクイクっ、イックぅぅぅっ!!」

美貴が白い喉を晒《さら》したあと、牡のリビドーを自ら解き放つ。

「んっ！　くふぁぁっ！」

熱い肉洞の中に大量のエキスをほとばしらせた直後、陶酔のうねりが次々と押し寄せた。

（あ、ぐっ……き、気持ちいい）

目を固く閉じ、久方ぶりの高揚感を心の底から味わう。

感動にも似た気分に身を震わせた順平は、恍惚《こうこつ》とした表情で熟れた肉体にもたれかかった。

4

リビングをあとにした可菜子は二階への階段を昇り、廊下の奥に向かった。

美貴の夫が所有する別荘は、近くの海岸から歩いて三分ほどの高台にある。

一見すると、瀟洒《しょうしゃ》な造りの一軒家と変わらなかったが、唯一の違いは二階のベランダがテラス風のウッドデッキになっていることだった。

広めのデッキには木造りのテーブルとチェアが置かれ、星空を眺め、潮騒《しおさい》の音を聞きながらゆったりくつろげる。

ガラス扉を開けると、心地のいい夜風が肌を打ち、可菜子はようやく緊張感から解き放たれた。

「はあっ、ホントに参ったわ。だいたい……酒癖が悪すぎるのよ」

美貴は学生時代から、アルコールが入ると見境がなくなる癖がある。

可菜子のファーストキスの相手は彼女であり、いきなり唇を奪われたときはあまりのショックで言葉を失い、この一件は理沙にも話していなかった。

（もう……二度と会わないいんだから）

身勝手な親友に憤怒《ふんぬ》するも、これで何度目の絶交宣言になるのだろう。

彼女は罪のない笑顔で平謝りを繰り返し、根負けして許してしまうのがいつものパターンだった。

憎めないといってしまえばそれまでだが、細かいことにこだわらない明るい性格にはこれまでに幾度となく救われてきた。

実際に夫を亡くしてからは優しい言葉で励ましてくれ、気分転換にと塞ぎこんでいた自分を何度も外に連れだしてくれた。

この程度のことで、長年の交流を断ち切る気にはなれない。

（男好きは玉に瑕《きず》だけど、今に始まったことじゃないし、相手は昨日知り合ったばかりの男なんだからいいじゃないの。でも……）

今頃、あの二人は間違いなく背徳の関係を結んでいるに違いない。

チェアに腰を下ろしたところで先ほどの光景を思いだし、顔が熱く火照《ほて》った。

貪り尽くすようなフェラチオ、互いの性器を舐め合うシックスナイン。

逞しい肉根が頭から離れず、身体の芯部で燻《くすぶ》っていた官能のほむらがまたもや揺らめきだした。

肌はもちろん、女の中心部も淫蜜でべたついたままなのだ。

本来ならシャワーを浴びて身も心もすっきりしたかったのだが、行為を終えた彼らと鉢合わせする可能性がある。

（やっぱり……しばらくは、ここで時間を潰《つぶ》すしかないわ）

意を決したものの、淫らな光景を頭から追い払えず、ワンピースの胸元に手を這わせれば、乳頭が痛みを覚えるほど疼いた。

正面はダークブルーの海が広がるだけなのだから、この場所なら人目を気にする必要はない。可菜子はワンピースの裾をたくしあげ、ショーツの上縁から右手をすべりこませた。

中指をスリットに沿って軽くスライドさせただけでも、甘美な性電流に身が打ち震える。

（ンっ……あっ、き、気持ちいい）

リビングでは不埒なプレイをいやというほど見せつけられ、身を焦がすほどつらかった。

肉体はよほど昂《たかぶ》っていたのか、淫蜜が早くも恥割れから溢れだす。

それにしても、まさか友人の別荘で自慰行為に耽ることになろうとは考えてもいなかった。

夫が生きていれば、こんな惨めな思いはしなかったものを……。

「あぁ……あなた、なんで死んだの？」

亡夫の面影を思い浮かべつつ、指の抽送を速めれば、子宮の奥がキュンキュンとひりついた。

恥肉の狭間は熱化し、大量の愛蜜が指先に絡みつく。抵抗感は少しもなく、スライドはやたらなめらかで、熟れた肉体に多大な快感を吹きこんだ。

「はっ、はっ、やあぁぁっ」

想像の中の夫が、全裸の状態から木造のチェアに歩み寄る。股間から突きでたペニスはなぜか異様なほど大きく、青竜刀のように反り返っていた。

〈可菜子……足を開いてごらん〉

幻聴が聞こえてくると、愛液の湧出はより顕著になり、鼓動が一気に跳ねあがった。

「あぁ……あなた」

片足を座面に上げ、股を開いて律動のピッチを徐々に上げていく。ショーツのクロッチはすでに大きなシミが広がり、熟女の昂奮度を如実に物語っていた。

〈さあ、ぶっといチ×チン、挿《い》れてあげるよ〉

生前の夫が卑猥な言葉で迫ってきたことは一度もなかったが、淫らな妄想をすればするほど性感は上昇のベクトルを描くのだ。

もはや、片手では満足できそうになかった。

（はあぁ、あなた……挿れて……早く挿れて）

左手もショーツの中に潜りこませ、人差し指と中指を膣内に埋めこむ。そして激しい律動を繰りだし、同時に右指でクリットを上下左右にこすりたてた。

「い、ひぃぃぃぃンっ」

大きな声こそ出せなかったが、他人の家、半ば野外というシチュエーションがこれまでにない刺激を与える。

両手を使った自慰行為の経験もなく、己のはしたなさを恥じらう一方、めくるめく愉悦の波が理性を浸食していき、可菜子は自分でも気づかぬうちに恥骨を前後に振っていた。

（あ、あ、いい、イッちゃう、イッちゃいそう……あなた、もっと、もっと激しくして！）

やさ男の亡夫には不釣り合いな巨根が、猛烈なスピードで膣への出し入れを繰り返す。肉擦れ音がぐっちゅぐっちゅと濁音混じりに変わり、やがて脳内が虹色の輝きに包まれる。

〈可菜子、すごくいやらしいぞ。そんなに溜まってたのか？〉

（違う、違うわ……寂しかっただけ）

〈いや……お前は、もともと淫乱な女なんだ〉

亡夫の幻影がありえない言葉を放った瞬間、一条の光が脳天を貫いた。

（あ、あああぁっ……だめっ、イッちゃう……イッちゃうぅぅっ！）

チェアの背にもたれ、絶頂への螺旋《らせん》階段を駆けのぼる。可菜子はエンストした車さながら、ヒップを延々とわななかせた。

「はあはあ……はあぁっ」

目を閉じ、うっとりした表情で胸を波打たせる。

どれくらい、甘いなごりに浸っていたのか。

気持ちが落ち着きだすと、言いようのない虚《むな》しさに襲われた。

友人の痴態を覗《のぞ》き見し、あろうことか自慰で欲望を発散しようとは……。

「やだ……私ったら」

我に返った可菜子はショーツから手を引き抜き、ワンピースの裾を慌てて下ろした。

肉体の疼きが消え失せた代わりに、汗と体液でべとついた不快感が際立つ。

この状態のまま客間に戻ったところで、眠れそうになかった。

美貴と順平は、もう行為を終えただろうか。

すぐにでもシャワーを浴びたかったが、二人とは絶対に顔を合わせたくない。

(あ、そういえば……理沙はどうしたのかしら)

彼女を残したままリビングをあとにしたことを思いだし、申し訳ない気持ちでいっぱいになる。

「もしかすると、部屋に戻って寝てるかも」

そう考えた可菜子はチェアから下り立ち、踵《きびす》を返して室内に戻った。

理沙と同室の客間は一階の隅、浴室を挟んでリビングとは逆方向にある。

階段を忍び足で下りていき、柱の陰から不安げに様子をうかがう。

リビングの方向から、人の気配や物音は伝わってこない。

(あの二人、どうしたのかしら?)

部屋を抜けだしたとき、彼らは肉の契りを交わす寸前だった。

いくらなんでも、いまだに性交しているとは思えない。とりあえず摺《す》り足で客間に向かい、扉を細めに開けて確認すれば、理沙の姿はどこにもなかった。

（やだ……まだリビングにいるんだわ）

あの状況下で熟睡できるとは思えなかったが、彼女は一度眠ると朝まで起きないタイプで、決して考えられないことではない。

（とにかく、今は部屋で様子見するしかないわ）

客間に足を踏み入れた可菜子はベッドに腰かけ、聴覚を鋭敏にさせた。

五分、十分。依然として、廊下側からは何の物音も聞こえてこない。

美貴も順平もシャワーを浴び終え、疲れて寝てしまったのだろうか。

（あぁ……早く汗を流したい）

ついに痺《しび》れを切らした可菜子は、バスタオルと替えの下着を入れたポーチを手に部屋を出ていった。

心臓がドキドキしだし、踏みだす足が小刻みに震える。

浴室の前に到着したところでドアに耳を当てたが、脱衣場はもちろん、洗い場にも人のいる気配は感じなかった。

（まさか……まだエッチしてるんじゃ）

リビングの扉は自分が出てきたときと同じ、半分ほど開いたままの状態だ。

怖くてとても近づけず、またもや耳に全神経を集中させる。

（微かだけど、ちょっとクセのあるいびきが聞こえてくるわ）

理沙はいびきをかかないため、美貴としか思えず、どうやら二人ともシャワーを浴び終えたらしい。

ホッとした可菜子は浴室の引き戸を開け、ムンムンとした熱気の残る脱衣場に入室した。

（いやだわ。照明がつけっ放し）

洗面台のカウンターの端には、美貴の若草色のバスタオルが無造作に置かれている。酩酊状態だったとはいえ、あまりにもだらしない。

眉をひそめた可菜子は視線を外し、ワンピースのファスナーを下ろして、純白の布地を脱いでいった。

ブラジャーを外し、ショーツの上縁に手を添える。愛液の付着したクロッチが陰部に張りつき、不快なことこのうえない。

素早く引き下ろし、足首から抜き取ったところで想定外の事態が起こった。

なんと浴室の扉が開き、全裸の順平が目をこすりながら入ってきたのである。

(……ひっ⁉)

時間の流れが止まり、身が凍るほどの緊張感に包まれる。

股間からだらんと伸びたペニスには乾いた愛液と精液がへばりつき、照明の光を反射してテカテカと輝いた。

間違いなく、彼はまだシャワーを浴びていなかったのだ。

おそらく、美貴が浴室を使用しているあいだに眠ってしまったのだろう。

順平は生あくびをしたあと、顔を上げて目を見開いた。

「……あ」

あまりのショックに指一本動かせぬなか、青年は頬を強ばらせる。

怯えたような表情を見せたのも束の間、舐めるような視線をくれたあと、目がどんより曇った。

(……え?)

驚いたことに、萎えていたペニスがグングンと膨張しはじめたのだ。

張りつめていた糸がプツンと切れ、怒りの感情に駆り立てられる。

可菜子は胸や股間を隠さぬまま、一歩突き進んで右手を宙に振りあげた。

平手で順平の頬を張れば、パッシーンと高らかな打擲《ちょうちゃく》音が鳴り響く。

「……ひっ」

青年は左頬を押さえてよろめき、驚嘆の眼差しを向けてきた。

人を殴ったことは初めてだが、後悔も罪悪感も湧《わ》かない。柳眉《りゅうび》を逆立てた可菜子は、すかさず命令口調で言い放った。

「出ていって！」

「あ、あの……」

「今すぐ、この別荘から出ていって！　早くっ!!」

「あ、あ……ごめんなさい……すみませんでした」

順平は事の重大さにやっと気づいたのか、泣きそうな顔で脱衣場から出ていく。

引き戸がピシャリと閉められると、今さら羞恥《しゅうち》心が込みあげ、可菜子は膝から崩れ落ちていった。

第二章　清廉な美熟女との再会

1

翌年の三月下旬、順平は新社会人に向けて忙しい日々を過ごしていた。

ふだんの行いが悪かったのか、内定確定と思われた会社から袖にされ、秋口に入っても就職活動が続いた。

年が明けてから、知人の紹介で入社先が決まったときはどれほど安堵《あんど》したことか。就職先はＯＡ機器を取り扱う会社で、順平は営業マンとして雇われた。

社員数八十七名と、中小企業ではあったが、都心に五階建ての持ちビルを所有し、給料も福利厚生も決して悪くない。

大学の卒業式を終えたあと、上京して住まいを決めたまではよかったが、一週間の研修初日に思わぬアクシデントが待ち受けていた。

（まさか……こんな大切な日に、キッチン下の配水管がぶっ壊れるなんて）

朝起きて水浸しになった床を目にしたときは、ひたすら右往左往するばかりだった。

　すぐさま管理会社に連絡し、今頃は修理に取りかかっているだろうが、あの状態ではもう住めないかもしれない。会社側にも報告したものの、どんな理由があろうと、研修の初日から遅刻とはバツが悪かった。

「はあはあ、やばい、もう十時過ぎだよ」

　ビルのエントランス扉を開け、汗まみれになりながら人事課のある三階に向かう。廊下を突っ切り、開けっ放しの室内に飛びこむと、面接時に対応した人事部長の田崎《たざき》が事務椅子《いす》から腰を上げた。

「やあ……垣原くんだったね」

「す、すみません。遅れてしまいまして」

「キッチン下の配水管が壊れたんだって？」

「そ、そうなんです。本当に泡を食いました」

「それは大変だったね。まあ、汗を拭《ふ》きたまえ」

「は、はい」

　しょっぱなから怒鳴られると覚悟していたのだが、アラフィフと思われる男性部長はメガネの奥から優しい眼差しを向け、順平はホッとしつつ、ハンカチで汗を拭き取った。

「大丈夫？　少しは落ち着いたかな？」

「ええ、もう平気です」

「そうか。それじゃ、私についてきたまえ。営業部長は席を外していて、課長を紹介するよ。君の直属の上司になる人だ」

新入社員は順平を含めて四人。それぞれが各部署に配属され、今頃は研修に入っているはずだ。

（課長か……いったい、どんな人なんだろう。この人みたいに優しい人だったら、いいけどな）

心の内を見透かされたのか、人事部長が肩越しにニヤリと笑う。

「課長は部長以上に厳しい人だから、心して臨んでくれよ」

「そ、そうなんですか？」

しっかり釘《くぎ》を刺され、不安の影に押しつぶされそうになる。

（こりゃ……初対面からこっぴどく怒られるかも）

営業部に到着し、ライトグレーのドアがゆっくり開けられる。田崎の背後から室内を覗きこんではみたものの、視界に社員の姿は一人も入らなかった。

おそらく、みんな外回りに出ているのだろう。

田崎はおかまいなく歩を進め、俯《うつむ》き加減であとに続く。

（課長だけが待ち受けてるんだ。この人の陰に隠れて、見えなかったんだな）

緊張感から腋《わき》の下が汗ばみ、どうしても足が震えてしまう。

「高藤さん、垣原くんを連れてきたよ」

ダンディな中年男はひと言だけ告げて振り返り、順平の肩を軽く叩いた。

「それじゃ、私はこれで。君、がんばるんだよ」

「は、はい……ありがとうございます」

軽く頭を下げるなか、田崎が穏やかな笑みを浮かべて部署をあとにする。課長とは怖くて目を合わせられず、今度は深々と頭を垂れて謝罪した。

「きょ、今日は、遅れてしまいまして、ま、誠に申し訳ありませんでした！」

沈黙の時間が、凄《すさ》まじいプレッシャーを与える。

「事情は聞いてるけど、初日から遅刻とは、いい度胸ね」

（……え？）

ハスキーがかったアルトボイスが耳に入り、恐るおそる顔を上げると、ブラウス越しの胸の膨らみが目を射抜いた。

髪形はセミショートだったが、形のいい唇にはピンクレッドのルージュが引かれている。

（お、女の人？）

女性課長が書類から目線をあげたとたん、天地がひっくり返るような衝撃に襲われた。

目の前にいる女性は紛れもなく、海の家で知り合った三人組の熟女の一人、高藤理沙だったのである。

2

（あら……この子、どこかで……）

眠たそうな目、締まりのない口元はどこかで目にした覚えがある。去年の夏の出来事を思いだすのに、さほどの時間は要さなかった。

「あ、あっ!?」

二人の口から同時に驚きの声があがり、あたりを見回して社員の姿がないことを確認する。

「ど、どうして、あなたがここにいるの？」

誰《だれ》もいないはずなのに、ひそひそ声で問いかけると、目の前に佇《たたず》む青年は目を見開いたまま答えた。

「どうしてって……こ、この会社に新卒採用されたんです」

「だって、アパレル関係の会社に就職するって言ってたじゃない」

「そのつもりだったんですが、内定をもらえなくて、あれからずっと就職活動をしてたんです」

「それで……最終的に、うちの会社があなたを採ったというわけ？」

「は、はい」

事情を聞いた理沙はこめかみに右手を添え、深い溜め息をこぼした。

七ヶ月前の事件が脳裏に甦《よみがえ》り、いやでも顔をしかめる。

友人と青年が淫らな関係を結んでいる事実を知ったのは、高らかな嬌声が室内に響き渡ったときだった。

びっくりして振り返ると、美貴が仰向けに寝転び、足のあいだに跪《ひざまず》いた青年が猛烈な勢いで腰を打ち振っていたのである。

二人が性交しているのはわかったが、しばらくは思考が働かず、夢を見ているのではないかと思った。

月明かりに照らされたなまめく女体、股ぐらで抜き差しを繰り返す愛液まみれのペニス、そして美貴の絶頂を訴える声で、ようやく現実に引き戻されたのだ。

可菜子はどうしているのか。座っていた位置を確認すれば、彼女の姿は消え失せていた。

おそらく二人の情事に気づき、いたたまれなくなったのだろう。

彼らが行為を終えたあとは、その場から一歩も動けず、狸《たぬき》寝入りをするしかなかった。

美貴がリビングを出ていき、青年と二人きりになったときは、いつ襲いかかってくるかと、どれほど緊張したことか。

彼女が戻ってきてからは、またエッチを始めるのではないかと生きた心地がせず、しばらくは息を潜めるしかなかった。

軽いイビキが聞こえはじめた頃、勇気を出してリビングから抜けだそうとしたのだが、今度は青年がムクリと起きあがり、心臓が止まりそうなほどびっくりした。

（でも……この子、すぐに戻ってきて、服を着て出ていったんだわ）

彼の帰宅を確信したのは、玄関口の扉の開閉音が聞こえてから十分ほど経ったあとで、不安げに客間へ向かうと、可菜子はバスタオルで濡れた髪を拭いている最中だった。

どうやら浴室の前で青年と鉢合わせし、すぐに帰ってほしいと訴えたらしい。彼女は美貴と青年の情交に早々に気づき、気まずさからテラスデッキに避難したようだ。

美貴への不信感は同じだったが、男好きと酒癖の悪さは今に始まったことではない。泥酔状態になると、異性ばかりか同性にもベタベタしだし、レズっ気まで出してくるのだ。

翌朝、美貴は反省の弁を繰り返し、結局は可菜子とともに溜め息をついて許すしかなかったのである。

まさかあのときの青年が、自分の勤める会社に入社してくるとは夢にも思っていなかった。

（しかも教育係になるなんて……あぁ、最悪。またひとつ、悩みが増えたわ）

このことは、美貴だけには秘密にしておかなければ……。

「まあ、いいわ。言っておくけど、別荘の件は……」

「わかってます」

「え？」

「誰にも言いません。それと……あのときは、本当に申し訳ありませんでした」

青年は口を引き結び、殊勝にも頭を下げて謝罪の言葉を述べた。

「お酒のせいにするわけじゃないですけど、つい浮かれてしまって。可菜子さんでしたよね。もう一人の女性」

「え、ええ」

「あの人にビンタされて、ものすごい怒られたんです」

「えっ!?　そ、そんなこと、ひと言も言ってなかったわよ。まさか……あなた、変なことしたんじゃないでしょうね！」

「してません、してないですよ。だって……あのときは……」

「あのときは、何？」

「出した……ばかりだし」

「ふうん、どうだか。あの状況で、性欲剝きだしになれる人だもの。とても信用できないけど」

チクリと嫌みをぶつければ、青年は顔を真っ赤にして俯く。

それにしても、おっとりした性格の可菜子が暴力に訴えるとは予想外だった。

(私よりつらい思いをしたはずなのに、妙にあっさりしてたのは、そのせいなのかしら)

彼女からは、美貴のほうが積極的に迫ったと聞かされている。

とにもかくにも、真摯《しんし》な態度を目にした限り、少なくとも反省のできる人間で、真面目《まじめ》さを持ち合わせている青年だということはわかった。

「あなたは、もう学生じゃないんだからね」

「はい、承知しています」

「甘い顔を見せずに、ビシビシしごくから」

「はい、高藤課長! 今後ともご指導のほど、よろしくお願いします!」

「えっと……あなたの名前は……」

「垣原順平ですっ!」

記憶の糸を手繰り寄せれば、確かにそんな名前だった気がする。

「あなたの席は、私の真向かいよ。引き出しの中に名刺が入ってるから、すぐに出かける準備して」

「あ、あの……どこへ行くんですか?」

「各営業所への挨拶《あいさつ》回りよ。仕事のイロハは車中で教えるわ」

「は、はい」

創業四十年を迎えるK商事は東京に拠点を置き、ＯＡ機器の販売、リース、レンタルを主な業務としている。

顧客のニーズに合わせた対応をモットーにしており、アフターサービスも充実していることで知られている老舗《しにせ》だ。営業所は都内に六店舗を配し、二十四時間無休で迅速なサービスを提供していた。

「一日で全部回るのは無理だから、今日は東部のほうにしましょう」

椅子から立ちあがったところで、順平の上着の内ポケットから軽快な着信音が鳴り響く。

「あ、す、すみません。管理会社からなんですが、ちょっといいですか?」

「……どうぞ」

青年は半身の体勢から、スマホの通話ボタンをフリックする。先方と会話を交わす彼の横顔を、理沙はしげしげ見つめた。

(長かった髪は短くなったし、陽に焼けた肌も白くなって、ずいぶんと印象が変わったわ。見た目だけなら、好青年という感じだけど……)

いや、外見に惑わされてはならない。

この男は親友と禁断の関係を結んだ輩《やから》であり、あの状況下で性獣と化した事実は打ち消せないのだ。

(でも……この若さなら、我慢しろというほうが無理なのかも)

贅肉のいっさいない腹部、逞しい腰づかい、月明かりにぼんやり浮かんだ猛々しいペニスが頭を掠めた。

心臓がトクトクと拍動し、全身の血が妖《あや》しくざわめきだす。

理沙は二十七歳のときに結婚し、翌年に一人娘を生んだが、学生時代からキャリア志向が強く、専業主婦になるつもりはさらさらなかった。

今は実家の二世帯住宅に住み、平日の娘の面倒は両親が見ている。

出版社に勤める夫とはすれ違いが多く、夫婦の営みはご無沙汰《ぶさた》ぎみで、そんな折り、彼の浮気が発覚したのだ。

妻のライフスタイルに合わせた生活をしているのだから、ストレスが溜まっていたのかもしれないが、どうしても女のプライドが許さなかった。

夫とはいまだに冷戦状態が続いており、四ヶ月近くも肌を合わせていない。

意識しないようにしていても、熟れた肉体は異性を求めているのか、悶々《もんもん》とした気持ちに嘘はつけなかった。

自分でも気づかぬうちに、順平の股間に視線を向けてしまう。

こんもりした中心部が目に入った瞬間、再び夏の日の淫らな光景が甦り、理沙は慌てて顔を背けた。

（私……何、考えてるの。この子は、美貴とふしだらな行為をしていたのよ）

社会人である以上、仕事とプライベートは区別して考えなければ……。

（それにしても……部下になった新入社員のセックスを覗き見した経験があるなんて、こんなバカなことってあるのかしら）

気まずげな顔をした直後、順平が電話を切り、理沙は一瞬にして仕事モードに入った。

「時間が押してるわ。さっそく、行きましょうか？」

「は、はい」

青ざめた表情の青年を気にしつつ、颯爽《さっそう》とした足取りで営業部をあとにする。

「で、どうだったの？　管理会社のほうは」

エレベーターのボタンを押してから問いかけると、順平は溜め息混じりに答えた。

「はあ……水浸しの状態は収まったらしいんですが、配水管がボロボロの状態で、修理や交換するのに時間がかかるとか。壁紙も完全にいかれて、すぐには住めないようです」

「仮住まいは、手配してくれなかったの？」

「探してはいるみたいなんですけど、時期が時期だけに空き部屋がないらしいんです。オーナーさんがお金を出してくれるので、今日はビジネスホテルにでも泊まってほしいと」

「……そう」

出勤初日から、思わぬアクシデントに巻きこまれたものだ。

エレベーターに乗りこむや、順平はさっそく困惑げな眼差しを向けてくる。

「どこか、近場にあるビジネスホテル、知ってますか？」

「そりゃ、あることはあるけど……ずっとビジネスホテルに宿泊しているわけにはいかないでしょ？」

「そうなんですよね。日常生活品は部屋に置いたままだし、いろいろと面倒ですよね」

エレベーターを降り、社屋の裏手にある駐車場に向かった理沙はバッグからスマホを取りだした。

「車に乗って」

「は、はい」

順平を営業車の助手席に促し、可菜子の連絡先を開く。

彼女の母親はアパート経営をしており、もしかすると空き部屋があるかもしれない。

（部下が困ってるんだもの。上司としては、ちゃんとフォローすべき案件よね。でも……）

ぎりぎりまで迷い、小さな溜め息をついてから意を決する。

車外に佇んだまま電話番号をプッシュすれば、呼び出し音に続いてスピーカーから鈴を転がしたような声が響いた。

『もしもし、理沙？　どうしたの、こんな時間に』

「うん。あのね……」

かいつまんで事情を話すあいだ、可菜子は明るい声で受け答えし、次第に後悔の念が込みあげる。

順平を連れていったら、彼女はどんな顔を見せるだろう。ビンタしたぐらいなのだから、二度と会いたくないという気持ちのほうが強いかもしれない。

『今、アパートのほうは満室だけど、ゴールデンウイーク明けにひと部屋空く予定よ』

「そう、それじゃ仕方ないわね」

逆にホッとしたものの、理沙は可菜子が次に放った言葉に口元を強ばらせた。

『離れのほうなら、空いてるわよ。お風呂《ふろ》はないけど、お手洗いはあるから、アパートの部屋が空くまで、そこに住めばいいんじゃない？』

「で、でも……新入社員は女の子じゃなくて、男よ」

『かまわないわよ。アパートにしたって、身元のしっかりしている人に入ってもらったほうが、こちらも安心だもの』

「それはそうかもしれないけど……」

『とにかく、今日にでも連れてきなさいよ』

「う、うん……そうね。それとね……」

『あ、ごめんなさい。誰か来たみたい。じゃ、待ってるから』

「……あ」

すべての事情を話せないうちに電話は切れてしまい、理沙はますます後悔を募らせた。

（仕方ないか。とりあえず紹介だけして、断られたらビジネスホテルをとってあげればいいんだわ）

車のドアを開け、運転席に乗りこみ、難しい顔で順平に向きなおる。

「一応、泊まれそうだけど……」

「え、わざわざホテルを予約してくれたんですか？　ありがとうございます！」

目をきらめかせる脳天気な青年を見ているだけで、疲労感が込みあげた。

宿泊場所が可菜子の家の離れだと知ったら……。

（これ以上、朝から面倒な思いをするのは御免だわ）

考えただけで憂鬱《ゆううつ》な気持ちになり、ムスッとした表情でエンジンキーを差しこむ。

「さ、行くわよ」

理沙は順平に真実を告げぬまま、営業車をゆっくり発進させた。

3

その日の夕刻過ぎ、営業所への挨拶回りを済ませた順平は研修の初日を終え、ようやく安堵の胸を撫で下ろした。

「どう？　感想は」

「はい……疲れました」

「明日は西の営業所を回るから、今日は早めに休むことね。営業部の部長や他の先輩社員たちは、明日の朝に紹介するわ。遅刻はしないようにね」

「え、今日は……」

「私はいったん社に戻るけど、あなたはこのまま直帰しなさい」

「いいんですか？」

「いいわよ。研修の初日だし、四月からみっちり働いてもらうから」

「わかりました」

一刻も早く身体を休めたかったが、ビジネスホテルに泊まるにしても、着替えだけは取りに帰らなければならない。

今朝《けさ》の水浸し状態の部屋を思いだしただけで気分が沈んだ。

（それにしても……）

シートに深くもたれた順平は、横目で理沙の容姿をさりげなく探った。

活動的なイメージを与えるセミショートの髪形、ネイビーブルーのパンツスーツ。猫のような目が凛《りん》とした風情を醸しだし、ピンと伸びた背筋に颯爽と歩く姿がやたらカッコよかった。

（海で会ったときはくだけた感じだったけど、仕事になるとずいぶんと変わるんだなぁ……こっちのほうが、断然魅力的かも）

最後に回った営業所で化粧直しをしたのか、ピンクレッドの唇が艶々とした輝きを放っている。上着の合わせ目から覗くふっくらしたブラウスの胸元に、順平は股間をズキンと疼かせた。

熟女三人組が海の家に現れたとき、スタイルだけでいえば、理沙がいちばん均整の取れたプロポーションをしていた。

胸回り、ウエスト、腰回りのサイズバランスがよく、スポーツジムに通っているのかと思ったほどだ。

（確か、高校時代にバレーボールをしてたって言ってたな）

逞しいとさえ思える太腿の量感を眺めているだけで、牡の欲情が込みあげた。

（就活で忙しかったし、溜まりに溜まってるもんな……って、いかん、いかん！

直属の上司相手に、何を考えてんだ。それでなくても……）

三人のうちの一人と肉体関係を結んでいるのだ。だが理沙との思いがけぬ再会は、可菜子や美貴との二回目の接点をいやが上にも予感させた。

（いや、いくらなんでも、それはないだろ）

憧《あこが》れの美熟女にはビンタされ、完全に嫌われたという確信がある。

セレブな熟女とはまたお手合わせをしたい気持ちはあったが、泥沼の関係になりそうで、理屈抜きに恐怖心を感じた。

（そういえば……俺が別荘を出ていったあと、三人のあいだで、どんな話がされたんだろ？）

本音を言えば、知りたかったが、気まずい思いからどうしても聞きだせない。

あれこれと考えているうちに車は国道から脇道《わきみち》に入り、閑静な住宅街を突っ切っていった。

（……裏道かな）

都内の地理には疎く、どこを走っているかもわからぬまま、営業車は十分ほど走ったところで停《と》まった。

「さ、降りて」

あたりを見回せば、二階建てのアパートが目に入る。ブルーの屋根が目に映える、見るからに築年数の浅い小洒落《こじゃれ》た集合住宅だ。

「え、あ、あの……」

「住むところがないって言ってたでしょ？」

「は、はい」

「このアパートは、どうかと思ったの」

「え、ホテルじゃなくて、物件を探してくれたんですか？」

「……どうかしら？」

理沙はこちらの質問に答えず、なぜか緊張の面持ちで感想を求めてくる。順平は再びアパートに目を向け、率直な感想を述べた。

「きれいなアパートですね。築何年ですか？」

「立て直しして、確か……三年て聞いたけど」

「ぼくが決めたところは築三十年だから、雲泥の差ですね」

車から降り立ち、物件を仰ぎ見ながら問いかける。

「不動産屋さんに、知り合いでもいるんですか？　あれ……」

理沙は順平の言葉を無視し、アパートを通りすぎたところでスマホを取りだす。どこに電話をかけているのか、声が小さくて聞き取れない。

彼女は会話を二十秒ほどで終わらせたあと、となりの家の門扉を開け、ニコリともせずに手招きした。

「来て」

「は、はい」

もしかすると、大家の家なのかもしれない。慌てて駆け寄ると、彼女は敷地内に足を踏み入れ、順平も神妙な面持ちであとに続いた。

石畳の両脇には常緑樹や灌木《かんぼく》林が植林され、二十メートルほど先に瓦《かわら》屋根の日本家屋が重厚な佇まいを見せている。

(ずいぶん年季の入った家だな。となりに、瓦屋根の家がもうひとつあるぞ。まさか、蔵じゃないよな)

おそらく、オーナーと知り合いなのだろう。強ばった表情から察するに、頑固で気難しい性格の高齢者なのではないか。

「ちょっと、ここで待ってて。大家さんに挨拶したあと、呼ぶから」

「わ、わかりました」

足を止め、石畳をスタスタ歩いていく理沙を不安げに見つめる。

（なんか様子が変だけど、そんなに気のつかう大家さんなのかな。あぁ、早くビジネスホテルでくつろぎたいよ）

研修一日目が終わり、緊張の連続でクタクタの状態なのだ。またもや初対面の人間に挨拶しなければならないのだから、意識せずとも深い溜め息がこぼれた。

玄関口に達した理沙は、インターホンを押さずにチャコールグレイのドアを開ける。先ほどの電話は、到着の旨を大家に伝えるためのものだったのか。

順平の位置から扉の向こうは見えず、首を伸ばしても室内にいる人物の姿は確認できなかった。

理沙が室内に入り、扉が閉じられる。待っている時間がやたら長く感じられ、スマホの地図アプリを開けば、自分がいる場所は世田谷の桜新町《さくらしんまち》だった。

（なんだよ。俺の住んでる北品川からは、えらい遠いじゃん）

これから着替えを取りに戻るのかと考えただけで、さらに疲労感が募る。

（シャツはどこかで買って、近場のホテルに泊まったほうがいいかな）

しかめっ面をした瞬間、玄関扉が開き、理沙がまたもや手招きした。

重い足取りで向かい、促されるまま室内に踏み入ると、間口に佇む一人の女性が目に入った。

「あ、あ……」

あまりの驚きに、開いた口が塞がらない。日の前にいる女性は、紛れもなく麗しの美熟女、可菜子だったのである。

「え……ど、どういうことなの？」

彼女も順平の来訪を知らされていなかったのか、茫然自失《ぼうぜんじしつ》している。

「びっくりしないでって、言ったのに……」

「び、びっくりして当たり前じゃない。どうして、彼が……」

「だから、新入社員で私の部下になったのよ」

「そんな……、どうして電話してきたとき、言ってくれなかったの？」

「……ごめん。言おうとしたら切れちゃったし、さっきの電話はもう着いたあとだったから……」

「それにしたって……」

慌てふためく可菜子の姿を、順平は目を丸くして見つめた。

理沙との再会だけでも驚天動地の出来事だったのに、まさかその日のうちに可菜子とまで顔を合わせることになろうとは。

「もし請け負えないなら、無理しなくていいのよ。次の住まいが見つかるまで、ビジネスホテルに泊まればいいんだから」

理沙は順平の事情を代弁してくれるも、可菜子はただうろたえるばかりだ。

それにしても、相変わらず清廉な熟女だった。

激しく動揺するなかも、品のよさは失わず、困惑げな表情が男の庇護《ひご》欲をくすぐる。ライトイエローのワンピースがとても愛らしく、ふっくらした胸の膨らみに牡の本能がざわついた。

(この人のそばに住めたら、毎日の生活にも張りが出るよな。いや、それどころか、おいしい展開が待ち受けてるかも……)

美熟女の裸体を思い浮かべ、期待に胸を弾ませるも、彼女の様子を目にした限りでは単なる願望だけで終わる可能性が高そうだ。

友人の一人と関係を結んだ光景を目撃され、精液と愛液で汚れたペニスまで見られてしまったのである。

まともな女性なら、まず二度と相対したくない輩だろう。

ビンタされたときの頰の痛みを思いだし、気まずげに目を伏せた直後、廊下の奥から穏やかな声が聞こえてきた。

「まあ、理沙さん、お久しぶりね」

「あ、おばさん。ご無沙汰しております」

顔を上げると、これまた品のよさそうな女性がおっとりした足取りで近づいてくる。

とたんに可菜子と理沙は顔を見合わせ、いかにも困った様子で口を噤《つぐ》んだ。

「ごめんなさいね。料理を作っている途中だったから」

「い、いえ、こちらこそ夕食どきに訪問しちゃって申し訳ありません」

おそらく、可菜子の母親なのだろう。上品な顔立ちの女性は間口に跪き、温かみを宿した眼差しを向けてきた。

「この方？　住んでいた部屋が水浸しになったのは」

「は、はい、垣原順平と申します！　どうぞ、よろしくお願いします‼」

もしかすると、母親の出現は時の氏神になるかもしれない。

好印象を与えるべく、ハキハキした口調で自己紹介すれば、女性は口元に手を添えてクスリと笑った。

「やっぱり若い人は、元気がいいわ。でも、災難だったわね。排水管が壊れるなんて」

「そうなんです！　そのおかげで、研修初日から遅刻してしまいまして、まさに踏んだり蹴《け》ったりでした。あははっ」

可菜子と理沙はシラッとしていたが、なりふりかまっていられない。

気持ちは今や、どうしても入居したいという方向に傾いているのだ。精いっぱいの愛想笑いを返せば、母親は娘に向かって思いがけない言葉を口にした。

「離れのほうは、今日から入ってもらうんでしょ？」

「そ、それは……」

可菜子が顔をしかめ、順平も想定外の展開に息を呑む。

「え……離れ？」

「となりのアパートは満室で、ゴールデンウイーク明けにひと部屋空くらしいの。それまで離れに住んだらどうかという話だったのよ」

理沙の説明を受け、納得げに頷《うなず》く。

（そ、そうか……家のとなりの建物は蔵じゃなくて、離れだったんだ）

口を半開きにしたところで、母親は再び順平に向きなおった。

「垣原さん」

「は、はい」

「うちは女二人だけの暮らしなんで、男の人がそばにいると心強いわ。離れはもう何年も人が入ってないけど、空気の入れ替えはしてるし、最低限の生活用品もひととおり揃《そろ》ってるから、今日から住んでもらってけっこうよ」

「え、ほ、本当に今日から入れるんですか？」

「ベッドも冷蔵庫もあるし、必要ならタオルやお布団も貸せるわよ」

至れり尽くせりの申し出に、驚きの表情から頬が緩んでいく。

これだけの好条件を提示され、何を迷うことがあるものか。

「ありがとうございます！　今後とも、どうぞよろしくお願いします!!」

満面の笑みを浮かべ、これ以上ないというほど頭を下げる。対照的に可菜子は困惑、理沙は決まりが悪そうな表情で口を引き結んでいた。

4

（はあっ、理沙ったら、いつも言葉が足りないんだから。いちばん重要なこと、なんで最初に言わないのよ！）

順平が離れに住みはじめてから四日が過ぎても、可菜子はいまだに落ち着きを取り戻せないでいた。

考えてみれば、理沙が来訪直前に電話してきた際、「一人で玄関口に出てきてほしい」と言われたときにおかしいとは思ったのだ。

まさか、美貴と関係を結んだ男が理沙の勤める会社に入社しようとは……。

（部下が困っていたのを放っておけなかったという理由は、わからないでもないけど）

母が途中で顔を見せたのも予想外で、複雑な事情を話せるわけもなく、なし崩し的に離れに住まわせる流れになってしまった。

順平はとりあえず身の回りの物だけを前の住居から持ちだし、明日の土曜に本格的な引っ越しをするらしい。

（あの子、これからひと月半も離れに住むことになるんだわ）

できるだけ顔を合わせず、何事もなくアパートに移ってほしい。もちろん彼との再会を美貴に伝えるつもりはなく、その点だけは理沙と同じ考えだった。

（でも……ゴールデンウイークには、また三人で旅行にいく約束をしてるのよね）

美貴の夫は富士山麓《ろく》の湖畔にも別荘を所有しており、夏の事件の直後に罪滅ぼしという名目で誘われ、可菜子も理沙も了承していたのだ。

順平と美貴がどこかで接点を持つのではないかという不安が押し寄せ、なかなか寝つけない。忘れかけていた淫らな光景も脳裏に浮かんでは消え、可菜子は寝床の中で何度も寝返りを打った。

（暇を持て余してるから、余計なことばかり考えちゃうんだわ。いつまでも甘えてないで、そろそろ働き口を探さないと）

これからの身の振り方を考えた直後、家の外から大きな物音が聞こえ、可菜子は驚きに肩を震わせた。

（な、何？）

何か重たい荷物を落としたような音で、玄関口のほうから聞こえた気がする。

ヘッドボードに置かれたデジタル時計を確認すると、午後十一時半を過ぎたところだった。

もしかすると、順平だろうか。

彼は研修期間中のはずで、こんな時間まで仕事しているとは思えない。

（ひょっとして、泥棒じゃ……）

すっかり目が冴《さ》えてしまった可菜子はベッドから下り立ち、ガウンを羽織って自室をあとにした。

廊下に面した窓を微かに開け、離れの様子をうかがうも、照明はついておらず、ひっそりしている。

まだ帰宅していないのか、それともすでに就寝しているのか。

可菜子はそのまま玄関口に向かい、サンダルをつっかけ、扉に取りつけられた魚眼レンズを恐るおそる覗きこんだ。

（誰もいないわ……あ）

玄関脇の支柱に、スーツを着た男性が腰を落とした状態でもたれている。目を凝らして見つめると、紛れもなく順平だった。

（やだ……酔ってるのかしら）

このまま放っておこうかと思ったのだが、玄関前で寝られるのも気持ちが悪い。春先とはいえ、夜間はまだ寒く、風邪《かぜ》をひく可能性も考えられた。

（もう……やっぱり迷惑な子だわ）

頬を膨らませつつ、仕方なく内鍵《うちかぎ》を外して玄関扉を開ける。そして俯く順平に近づき、肩をそっと揺り動かした。

「ちょっと……こんなとこで寝られたら困るわ」

「ん、んぅっ……あ……う」

「離れに帰って寝てちょうだい」

青年は顔を上げ、ぼんやりした表情であたりを見回す。

「な、なんで、可菜子さんが……ここはどこですか？」

「やだ。どうやって帰ってきたのかもわからないの？」

「あ……今日は研修最後の日だったので、先輩社員たちにしこたま飲まされちゃって」

「いいから、早く立って。明日は、引っ越しがあるんでしょ」

「ん……そ、そうでした」

順平は酒臭い息を吐き、ゆっくり立ちあがるも、足元がまったく定まらない。

「あ、危ないわ」

泥酔状態では肩を貸さざるをえず、可菜子は不本意ながらも彼を離れまで連れていくしかなかった。

「重いわ。もっとしっかり歩いて」

「ご、ご迷惑かけてしまって……申し訳ありません」

よろよろと歩き、何とか離れの玄関口まで到達する。

「鍵を出して」

「……あい」

「あぁん、もう！　しっかりして」

母の寝室は離れからはかなりの距離があり、ここまで来れば、多少の物音なら聞こえないはずだ。強めの口調で咎《とが》めると、順平はズボンのポケットから取りだした鍵で玄関扉を開けた。

引き戸を開いて室内に入るや、青年は鞄《かばん》を放り投げ、革靴を脱ぎ捨てて間口に倒れこむ。

「ちょっと、そんなとこで寝るつもり？」

「うぅん、部屋まで連れていってください」

「甘ったれないで」

室内なら、風邪をひくことはないのではないか。そう思ったものの、だらしない姿を見ているだけでモヤモヤしてくる。元来、世話好きの性格だけに無視できず、可菜子は引き戸を閉めてから上がりがまちに足をかけた。

「ベッドまですぐだから、しっかりして」

「あ、ううっ」

大の字に寝転がり、低い呻《うめ》き声をあげる順平に接していると、まるで出来の悪い弟を持った心境になる。

「早く！」

イラつきを抑えられずに胸元を手のひらで叩くと、青年は口を押さえて立ちあがり、廊下の左奥にあるトイレに向かって突っ走った。

（先輩に飲まされたって……ちゃんと断ればいいじゃないの）

小さな溜め息をつき、部屋に通じる擦りガラスの引き戸を開け放つ。

八畳ひと間の畳部屋には、ベッド以外の家具類は何も置かれていない。可菜子は右隅のキッチンスペースに向かい、備えつけの冷蔵庫の中を覗きこんだ。

「やだ、ビールしか入ってないわ」

仕方なくキッチンシンクに置かれたグラスを洗い、製氷機から取りだした氷を入れて水道水を注ぐ。

（私って、お人好しだわ。わざわざ、酔っ払いの面倒を見るなんて）

やがてトイレの水を流す音が聞こえ、順平が上着とネクタイを手に気怠《けだる》い表情で戻ってきた。

「大丈夫？」

「あ、可菜子さん……どうして？」

「やだ、母屋の玄関口に寝てたのを起こして連れてきたんじゃないの。それすら覚えてないの？」

「……あ。そうでしたっけ？」

「もう……とにかく、水を飲みなさい」

「す、すいません」

青年はグラスを手に取るや、一気に飲み干してからひと息ついた。

「あ、ありがとうございます」

「まだ飲む？」

「いいえ、もう大丈夫です。吐いたら、だいぶすっきりしたし」

「だめじゃないの、そんなに飲んだら。理沙も参加してたの？」

「はい、一次会が終わる前に帰っちゃいましたけど」

「……そう」

受け取ったグラスをキッチンシンクに戻すあいだ、彼の熱い眼差しが注がれていることに気づかない。

「それじゃ、ちゃんと戸締まりして寝るのよ……あ」

振り返りざま告げた瞬間、いきなり抱きつかれ、可菜子は目を白黒させた。

「ちょっ、ちょっと……まだ酔いが醒《さ》めないの？」

「ありがとうございます。離れに住まわせていただきまして。ちゃんと、お礼を言ってなかったから」

「お礼を言うのに、抱きつく人がいるかしら？」

困惑顔でたしなめても、彼は相変わらずしがみついたまま。どうやら、まだ酩酊しているらしい。やがて意味不明な言葉を耳元で放ち、可菜子は眉根を寄せた。

「……本当ですから」

「……え？」

「去年の夏、あなたに言ったこと。嘘偽りのない本心で、今でもあのときの気持ちは変わってません」

美貴の別荘で宴会している最中、洗面所の前で愛の告白をしてきた記憶が甦る。

あのときはうれしい気持ちがないではなかったが、互いにかなり酔っており、しかも彼はそのあとに美貴と男女の関係を結んだのだ。

今さら本心だと言われても、はい、そうですかと受けいれられるはずもない。

（それに……またベロンベロンの状態なんだから、信じられるわけないわ）

不信感を覚える一方、久方ぶりに男性の逞しい胸に抱かれ、心臓がドキドキしだす。

「と、とにかく離れて」

羞恥心から胸を押し返そうとした刹那、可菜子は下腹に当たる硬い感触にハッとした。

（あっ、やっ）

服の上からでもはっきりわかる牡の昂りに、体温が急上昇する。

「俺、本当に可菜子さんが好きなんです。再会して、改めて自分の気持ちを確信しました」

「な、何言ってるの。美貴としたくせに」

「そうは言うけど……ぼくだって男ですよ」

「だから、何？」

「気がついたら、美貴さんがあそこを触ってたんです。声を出したら、可菜子さんに気づかれると思って、はっきり拒絶できなかったんです。決して本意じゃなかったことだけは信じてください」

思い返せば、確かに美貴は積極的に迫り、順平は困惑の声をあげていた。

二十代前半の若い男性に、あの状況で耐えろと言うほうが酷なのかもしれない。それがわかっていても、理屈ではなく、感情的にどうしても許せないのだ。

「と、とにかく……離れなさい。ホントに怒るわよ」

「またビンタするんですか？」

「それは……」

あのときは感情を抑えられず、のちに後悔したが、よくよく考えてみたら、謝罪はまだしていなかった。

（ううん、突然こんなことする人だもの。謝る必要なんかないわ）

腰をよじって脱出を図ろうとしたものの、男性の力には敵《かな》わない。

泣きそうな顔をした瞬間、青年の言葉が可菜子のハートを矢のごとく貫いた。

「好きです！　ぼくとつき合ってください!!」

「……え？」

「オーケーしてくれたら、すぐに離れます」

順平の真っすぐな思いが、未亡人の心の隙間に忍びこむ。

胸がときめいたのも束の間、ひとまわり年下の男性と交際したところで先は見えており、それ以上にためらいを恐れぬ若者の情熱が怖かった。

「つき合ってくれますか？」

「冗談でしょ？　あなた、酔ってるんだわ」

「真剣です！　なんなら明日、シラフのときに改めて告白します。そしたら、信用してくれます？」

「そ、そんなこと……」

唇の端を歪めるも、心の内からほとばしる高揚感は何なのだろう。夫を亡くしてから久しく味わっていなかった女の悦びに、胸が甘く締めつけられた。

「了承してくれるまで、ずっとこのまま離しませんから」

青年の放った殺し文句に心の琴線が爪弾《つまび》かれ、今度は子宮の奥がキュンとひりつく。

（あぁ、やだ。こんなことって……）

無理をして気を逸らそうとしても、順平の熱い血潮が布地を通して伝わり、可菜子はしどろもどろするばかりだった。

「お願い……離れて」

「つき合ってくれますか？」

「明日……」

「え？」

「明日、お酒が入ってないときにもう一度、面と向かって言って。そしたら、信じるわ」

「ホ、ホントですか⁉」

順平は頭のてっぺんから突き抜けるような声を出し、ようやく身を引いて問いかける。

（仕方ないわ。そう言わなきゃ、離してくれないんだもの）

おそらく明日の朝になれば、忘れているのではないか。覚えていたとしても、まともな人間なら現実的ではないと思いなおすはずだ。

「言います！　絶対に顔を見て告白しますから、覚悟していてください‼」

燃えるような目にドキリとした直後、順平は解放してくれるどころか、またもや抱きついてきた。

「ありがとうございます！」

「ちょっ……きゃっ」

腰をよじったところでバランスを失い、足元がふらつく。あっと思ったときにはベッドに倒れこみ、分厚い胸板がバストに合わさる。

たじろぎながら見つめると、順平は真剣な眼差しを向けていた。

「可菜子さん……好きです」

「……あ」

図々しいキスを顔を振って躱《かわ》すも、唇は首筋に押し当てられ、背筋に青白い性電流が走り抜ける。

やはり順平はいまだに酩酊状態で、まともな思考が働かないのだ。

「や、約束が違うわ……あ」

はっきり拒絶しようとした刹那、彼は身を起こしざまガウンの合わせ目から手をすべりこませ、パジャマの上から乳丘を揉みしだいた。

たったそれだけの行為で女芯が疼き、膣襞の狭間から愛の泉が溢れだす。

「あ、ふぅ」

腰が勝手にくねり、意識せずとも艶っぽい声がこぼれた。

「ンっ、ンっ、やぁぁっ」

抗いの言葉はあまりにもか細く、身体に力がまったく入らない。

パジャマの下はノーブラのため、手のひらの感触をしっかり伝えるのだ。

乳肉をねちっこく練られるたびに体温が上昇し、心地いい愉悦と浮遊感が身を包みこんだ。

(こんな、こんなことって……理沙、恨むわよ)

順平の身体を押し除《の》けようにも、指一本動かせず、今は彼の為《な》すがままだ。

「ンっ、やっ、あっ、はふっ」

口から湿った吐息が間断なく放たれ、熟れた肉体が性の悦びに打ち震える。

右太腿に押し当てられた股間の膨らみは、すでに大きなマストと化していた。

順平は相変わらず首筋に唇をすべらせ、体臭をクンクンと嗅《か》いでいる。

「ああ、いい匂《にお》いです」

風呂あがりだけに汗臭さの心配はなかったが、激しい羞恥心に身が裂けそうになる。やがて彼の右手が乳房から下方に移ると、可菜子はハッとして身構えた。

この先の展開だけは、絶対に受けいれるわけにはいかない。倫理観が頭をもたげるも、やはり身体は動かず、足を狭めるのがやっとだった。

(あ、嘘っ)

驚いたことに、指はパジャマズボンの上縁から潜りこみ、敏感な箇所に伸びてくる。想定外の出来事に気が動転し、拒絶の言葉が喉の奥から出てこない。

ただ身を強ばらせるなか、指先は恥毛を掻き分け、凝脂の谷間に忍びこんだ。

「あ、あ、あ……」

唇を震わせた直後、愛液がにちゅんと音を立て、スライドを始めた指が肉の尖《とが》りを軽く引っ掻く。次の瞬間、快感の高波が押し寄せ、可菜子は身を大きく仰け反らせた。

「ひぃぃンっ」

「あぁ、可菜子さん」

それにしても約束を破り、アルコールの力を借りて強引に迫るとは、なんと不誠実な男なのだろう。

(絶対に許せない！　すぐに出ていってもらうんだから!!)

激しい怒りに目が眩《くら》んだのも束の間、強大な性電流が身を焦がし、無意識のうちに甘ったたるい声を放った。

「はっ、やっ、やはあぁンっ」

「なんて色っぽい声、出すんですか。たまりません！」

「ち、ちが……ンっ、はあぁぁっ」

指のスライドがさらにピッチを上げ、肉芽を縦横無尽にこねくりまわす。心では拒否しているのに、女盛りを迎えた肉体は指が与える快感を受けいれた。

およそ二年の禁欲生活が祟《たた》ったとしか思えず、堰《せき》を切って溢れだす情欲が憤怒の感情を頭から追い払う。性感はますます上昇のベクトルを描き、頂点に向かって昇りつめていった。

（あ、あっ……や、やぁぁあ）

悦楽に噎《むせ》び泣く肉体が、男を欲する。牝の本能が荒れ狂い、愛の泉がとめどなく溢れだす。

可菜子は無意識のうちに手を伸ばし、順平の股間を手のひらで撫であげた。それだけにとどまらず、指を絡めて上下にシュッシュッとこすりたてる。

「う、ふっ！」

青年はとたんに腰をひくつかせ、顔をくしゃりと歪めて呻き声をあげた。

（ああ、ほしい、ほしいわ）

許されるものなら、逞しい逸物で疼く女体を貫いてほしい。愉悦の海原に身を投じ、悶々とした気持ちを一刻も早く解消したい。

順平も気持ちいいのか、スリット上の指はさらにスライドを速め、同時に肌が焦げそうな熱気が全身を包みこんだ。

「あ、やっ、だめ、ンっ、ふわぁっ」

吐息の間隔が狭まり、腰が痙攣を始める。自分の指とは比較にならない肉悦が、清廉な人妻を堕淫の世界に貶《おとし》める。

（あ、やっ、イクっ、イキそう）

脳幹が快感一色に染まり、来たるべき瞬間に胸が弾んだ。すっかり発情し、ドーパミンが尋常とは思えぬほど分泌した。

指先が愛のベルを搔き鳴らすや、両足をピンと伸ばし、半開きの口から歓喜のファンファーレを轟かせる。

「あ、ンっ！　や、やあぁあぁっ‼」

快楽の激流に足を掬われた可菜子は、踏ん張ることもできぬまま一気に押し流された。

「あ、く、ふうっ」

恥骨を浮かせ、ヒップを派手にわななかせる。すかさず陶酔のうねりが怒濤《どとう》のごとく押し寄せ、可菜子は法悦のど真ん中にどっぷり浸った。

あまりの気持ちよさに今は何も考えられず、ヒップをベッドに落として目を閉じる。失神状態に陥った熟女は胸を緩やかに波打たせ、頰をこれ以上ないというほど上気させた。

どれくらい、気を失っていたのか。ベッドの軋《きし》む音に続き、ゴソゴソと動く気配を肌で感じる頃、下腹部の違和感に気づく。

目をうっすら開けると、いつの間にかパジャマズボンとショーツが脱がされ、一糸まとわぬ下腹部がさらけ出されていた。

順平がスラックスとボクサーブリーフを膝まで下ろし、筋張った牡の肉を剝きだしにさせる。そして猛禽類《もうきんるい》にも似た目つきから、荒々しい息を絶え間なく放った。

（あ、あ……）

間近で目にした男根は、この世のものとは思えぬ迫力を見せつけていた。

テカテカとした輝きを放つ先端の肉実、葉脈状の血管がびっしり浮き立た極太の肉胴。圧倒的な迫力に瞬きをすることすらできぬまま、両足が広げられ、浅黒い腰が割り入れられる。

快楽のほむらは、いまだに深奥部で燻っているのだ。

美貴との既成事実が忘却の彼方に吹き飛び、このまま関係を結んでもいいと思った。

なし崩し的な流れとはいえ、もはや異性との接触を望んでいる自分に嘘はつけず、秘園を直視されているという恥ずかしさも消え失せていた。

肉槍《にくやり》の穂先が近づくや、膣肉がうねりだし、淫蜜が源泉のごとく溢れでる。

垂直に反り勃つ巨根を、果たして受けいれられるのか。

不安が脳裏をよぎるも、今はただ結合の瞬間を待ち受けるばかりだ。

「はあはあ、はあっ」

順平が腰を繰りだし、亀頭の先端が愛液で濡れそぼつ秘裂に押し当てられる。

（ンっ！）

強烈な圧迫感に息を呑んだ直後、亀頭冠が上すべりし、裏茎がクリットを猛烈な勢いでこすりたてた。

「ひっ！」

快感の雷撃が身を貫いた瞬間、今度は獣を思わせる咆哮《ほうこう》が頭上で轟き、あまりの驚きに目を見開く。

「ぬ、おおおぉぉっ！」

順平は顎を突きあげ、顔面を真っ赤にさせながら歯を剝きだした。

いったい、何が起こったのか。

愕然《がくぜん》とするなか、青年は腰をブルッと震わせ、おちょぼ口に開いた鈴口からザーメンを一直線にほとばしらせる。

「きゃあぁぁっ！」

灼熱の溶岩流が放物線を描いて胸元まで跳ね飛び、二発目以降は下腹と恥部にぶちまけられた。

「あ、あ、あ……」

順平の目は瞳孔《どうこう》が開き、一転して顔をくしゃりと歪める。

可菜子は身動きひとつできぬまま、下腹部に受ける熱い牡の滴りをただ呆然《ぼうぜん》と見つめていた。

5

（あぁ……やっちまった）

いくら昂奮していたとはいえ、まさか挿入直前に射精してしまうとは……。

頭に昇っていた血がスーッと引き、ここに来て酔いが醒めはじめる。

アルコールの力に頼り、強引に迫ったうえにザーメンを身体に浴びせるとは、とんでもない失態を演じてしまった。

　後悔と恐怖心、そして罪の意識が襲いかかり、己の所業にひたすらおののく。

　可菜子が顔をしかめると、順平は震える唇をこわごわ開いた。

「あ、あ……ご、ごめんなさい……す、すみません！　そのままの状態で、じっとしていてください」

　ティッシュ箱を取ろうと床に手を伸ばした瞬間、膝下にとどまっていたスラックスが突っ張り、バランスを大きく失う。ベッドから転げ落ち、自身の滑稽《こっけい》な姿に涙が込みあげた。

「す、すぐに拭きますから」

　ティッシュ箱を摑んで身を起こせば、パジャマの胸元、まっさらな下腹部が大量のザーメンにまみれている。

　栗の花にも似た香りが鼻奥を突き刺し、とんでもないことをしてしまったと実感せざるをえない。

　可菜子は恥ずかしげに足を閉じ、蚊が鳴くような声で答えた。

「自分で拭くわ。ティッシュ、ちょうだい」

「あ、は、はいっ！　えっと……」

ティッシュ箱をベッドの端に置き、キッチンの脇にあるゴミ袋に視線を振る。

四つん這いで突き進み、ビニール袋を手にしたところで背後から抑揚のない声が届いた。

「こっちを見ないで」

「は、はい……あの、ゴミ袋は？」

「悪いけど、放ってくれる？」

「わかりました」

「振り向いたら、承知しないから」

「わ、わかりました……じゃ、投げますよ」

後ろ向きの体勢からビニール袋を放り投げ、俯きざま唇を噛《か》みしめる。

(あぁ……俺って、ホントにバカだなぁ。酒が入ると、いつも気が大きくなっちゃうんだから)

離れに住めることになったのは、幸運だっただけに過ぎない。

本来なら可菜子の信頼を得なければならない時期なのに、酩酊して迷惑をかけたばかりか、性欲まで爆発させてしまったのである。

当然ながら、麗しの未亡人は怒髪天をついているだろう。

ただちに退去を命じられても、決しておかしな話ではない。

（あぁ、明日は大きな荷物を運びこまなきゃいけないのに……）

自身の下腹部を見下ろすと、ザーメンまみれのペニスはすっかり萎えていた。

膝立ちの体勢から、慌ててスラックスとブリーフを引きあげる。ひんやりした精液の感触が不快なことこのうえなく、順平は泣き声でポツリと呟いた。

「本当にごめんなさい。俺……もう、酒はやめます」

「やっぱり……泥酔してたのね」

「……え？」

「じゃ、自分が言ったことは全然覚えてないんだ？」

最初は何を言っているのか理解できず、記憶の糸を手繰り寄せる。

（あ、あ、そうだ。俺、強引に迫ったときに愛の告白をして……可菜子さんは条件付きで承諾してくれたんだ）

明日、シラフの状態で再び自分の気持ちを告げること。

憤怒することなく、わざわざ確認してきたのだから、まだ一縷《いちる》の望みがあるのかもしれない。彼女の表情までは探れず、順平は正座の状態から口を開いた。

「お、覚えてます。ぼく、いい加減な気持ちじゃないですから」

真心を込めて訴えたものの、可菜子は何も答えず、衣擦《きぬず》れの音だけが聞こえてくる。やがてベッドから下り立ち、床を歩く音が聞こえてきた。

「やだ……ズボン、穿《は》いちゃったの？」

「あ、あの、はい」

「気持ち悪いでしょ？」

「し、仕方ないです。自分が悪いんですから」

「ちゃんと……反省してる？」

「し、してます！　酔いは吹き飛びましたから!!　誠にすみませんでした！」

頭はいまだにポワーンとし、アルコールは完全に抜けていなかったが、事の善し悪しははっきりわかる。

大きな声で謝罪すると、可菜子は穏やかな口調で促した。

「……立って」

「はい？」

「立ってって、言ってるの」

「後ろを向いて……いいですか？」

「いいわよ」

振り向いた瞬間に、ビンタされるのではないか。恐怖に身を竦《すく》めた順平は両頰に手を添え、身を反転させながら腰を上げた。

美熟女はすでにパジャマズボンを穿き、胸元に付着していたザーメンも拭き取られている。

「何やってるの？」

「な、殴るんですよね？」

「そんなことしないわ」

「でも……別荘では、引っぱたいたじゃないですか」

「あんな恰好《かっこう》で現れたら、誰だってびっくりするわよ」

美貴と一戦交えたあと、順平は全裸のまま浴室に向かい、可菜子と鉢合わせしてしまったのだ。

あのときのことを思いだしているのか、彼女は恥ずかしげに頰を赤らめた。

さりげなく様子をうかがえば、確かに怒っている様子は見受けられない。

「絶対に殴らないって、約束してくれます？」

「ええ。誰かさんと違って、私は約束は破らないから」

痛いところを突かれ、気まずげに顔を歪めるも、恐るおそる頰から手を離す。

可菜子は表情を変えぬまま、離れの出入り口に向かって歩きだした。

「ボーッと突っ立ってないで、あなたも来るのよ」

「え？　あ、あの……」

「シャワーを浴びなさい。そのままじゃ、寝られないでしょ？」

突然の申し出に、順平は呆気《あっけ》に取られた。いくら面識があるとはいえ、素性のはっきりわからない男を自宅に招くとは予想もしていなかった。

（しかも、風呂まで貸してくれるなんて）

自分が考えている以上に、彼女はおっとりした優しい性格なのだろう。

肌は汗で、股間は体液でべたついている。下着を穿き替えたところで、確かにこのままベッドに入るのは気が引けた。

「下着、持っていかないと」

「は、はいっ！」

押し入れを開け、備えつけの収納ボックスから新しい下着を取りだし、可菜子のもとに走り寄る。

「いい？　これからは音を立てないようにしてね。母さんに見つかったら、面倒なことになるから」

「わ、わかりました」

母親に知られたら、今度こそ追いだされかねない。

順平はゴムサンダルをつっかけ、熟女のあとに続いて母屋に向かった。

可菜子は玄関扉を開け、無言のまま室内に促す。そして内鍵を閉めたあと、間口にあがって廊下の奥を指差した。

玄関を入って右側にも廊下があり、おそらく母親の部屋があるのだろう。

「こっちよ」

彼女は小声で告げたあと、先立って歩いていき、順平は忍び足でついていった。

薄暗いリビングを横目で覗けば、壁時計の針は午前零時を回っている。

（お母さん、まだ起きてるなんてことはないよな）

背筋をゾクリとさせた直後、廊下の突き当たりにある引き戸が開かれ、照明のスイッチが入れられた。

「ここよ。さ、早く」

「あ、あの、可菜子さんが先に……」

「私は、あとから入るわ。あなたが先にシャワーを浴びて、すぐに離れに戻ってちょうだい」

「わ、わかりました」

「バスタオルは用意しておくから。あ、それと……汚れたパンツは、籠《かご》の中に置いといて。洗濯しておくわ」

「そ、そんな、けっこうです！」

浴室を貸してもらったばかりか、精液まみれの下着を洗濯してもらうわけにはいかない。泡を食って拒否すると、可菜子は日尻を吊《つ》りあげて答えた。

「いいから早く」

美熟女は、もともと世話好きの性分なのかもしれない。有無を言わせず、給湯器のスイッチを入れ、一瞥《いちべつ》もくれずに脱衣場から出ていこうとする。

「あ、ちょっと待ってください」

「何？」

順平は小さな息を吐き、気持ちを落ち着かせてから口を開いた。

「好きです。ぼくと真剣交際してください」

「はあ？」

ぽかんとする可菜子をじっと見据え、心の内を正直に告げる。

「言ったじゃないですか。明日、面と向かって告白したら、つき合ってあげるって。今は零時を回ってるし、明日になりましたよね？」

「お酒が入ってないことも条件だったはずよ」

「アルコールは抜けました。今のぼくは、シラフです」

「そうかしら。身体がふらついてるみたいだけど」

甘く睨《にら》みつけられ、慌てて直立不動の姿勢をとると、可菜子は顔を背けてクスリと笑った。

「いいから、早く入って離れに戻りなさい」

引き戸が閉められ、脱衣場に一人残される。

（今の感じを見た限りじゃ、なんとか許してくれそうかも……おっと、のんびりしてる余裕はないんだっけ）

順平はすぐさま衣服を脱ぎ捨て、折戸を開いて浴室に入った。

ややぬるめのシャワーを浴びれば、気持ちがさっぱりし、頭も冴えだす。

（可菜子さん、やっぱり魅力的な人だよな。気の強そうな一面を見せるのは、俺がひとまわり年下だからかな？　それにしても……）

いくら酔っていたとはいえ、挿入前に暴発し、体液を身体に降りかけてしまうとはあまりにも情けない。

結合に成功し、美熟女にめくるめく快楽を与えていたら、今頃は違った展開になっていたのではないか。

後悔の念が津波のように押し寄せるも、今となってはどうしようもないのだ。

（おマ×コを見て、昂奮しすぎちゃったんだ。ピンク色で、すごくきれいだったよな。しっとり濡れてたし）

楚々《そそ》とした恥毛の翳《かげ》り、艶々の陰唇はとても人妻だったとは思えない。色白のせいか、色素沈着はいっさいなく、薄桃色の内粘膜から溢れだす淫水を目にした瞬間、ストッパーが外れてしまったのだ。

美熟女の女芯を思いだしただけで、ペニスに硬い芯が入りだす。

どうやら蒼い性欲は、一度きりの放出では満足できなかったらしい。体積を増していく男根を恨めしげに見下ろしつつ、順平は小さな溜め息をついた。

（はあ……今頃おっ勃っても、遅いんだよ。まあ、完全に嫌われたという印象は受けなかったし、今度こそ！）

新たな決意を秘めたところで水栓を閉め、折戸を微かに開いて脱衣場を覗くと、脱衣籠の中にはすでにバスタオルが用意されている。

足早に浴室をあとにした刹那、順平は怪訝《けげん》な表情で立ち竦んだ。

脱いだ衣服は脱衣籠の横の床に脱ぎ捨てたのだが、使用済みのブリーフだけが影も形もなくなっていたのだ。

「え？　ど、どこにいったんだ」

あたりをキョロキョロ見回せば、脱衣場の隅に置かれた洗濯機が目に入る。

（ま、まさか……あの中に入れたんじゃ）

すぐさま駆け寄り、上蓋《うわぶた》を開けて洗濯槽を覗きこむと、穿いていたブリーフがいちばん上に置かれていた。

（参ったな……どうしよう）

汚れた下着を洗濯させるのは、やはり気が引ける。いくら年上とはいえ、下着の裏地は精液が付着しているのだから恥ずかしいのは当然のことだ。

「あ、あれ？　パンツが濡れてる。ま、まさか……」

慌てて下着を手に取ると、布地はぐっしょり濡れており、体液もしっかり洗い落とされていた。

（洗面台で、下洗いしたんだ。バスタオルを持ってきたときに）

夫の下着なら話はわかるが、赤の他人の汚れ物を洗えるものだろうか。

（身の危険を顧みずに離れまで連れていってくれたし、少なからず好感は持たれ

てるのかも）

羞恥心に代わって期待感が込みあげ、男性ホルモンが活性化する。

ペニスがいちだんと反り勃った直後、順平は衣服のあいだから覗くレース模様の布地に気がついた。

（ひょ、ひょっとして……）

ライトブルーの薄い生地が、どうにも気になって仕方がない。

（見た目からして、お母さんのじゃないよな）

胸が高鳴りはじめ、海綿体が大量の血液に満たされる。堪えきれない性的好奇心に駆り立てられ、順平の目つきはたちまち鋭さを増した。

（いかん、いかん！　可菜子さんだってシャワーを浴びたくて、俺があがるのを待ってるんだ。でも、ちょっとの時間なら……）

引き戸はぴったり閉められ、廊下側から人の気配は伝わってこない。己の欲望に負けた性獣は手を伸ばし、レース地の布地をつまんで引っ張りだした。

セミビキニのショーツが燦々《さんさん》とした輝きを放ち、可菜子の私物だと確信する。

鼻をそっと近づければ、甘酸っぱい芳香が匂い立ち、昂る牡の肉がブンブンと頭を振った。

（あ、あ……可菜子さんが、一日中穿いてたパンティ）

口の中に溜まった唾を飲み、ショーツの船底に指を押し当てる。

（し、湿ってる！）

もはや、内からほとばしる情動を抑えられない。そのままクロッチを下から押し上げ、裏地を剝きだしにさせた瞬間、順平はあまりの驚きに目を剝いた。

裏地にハート形のスタンプがくっきり刻印され、中心部にはレモンイエローの縦筋が走っている。周囲には分泌液と思われる乾いた粘液が、カピカピの状態でへばりついていた。

（女の人の下着って、こんなに汚れるものなんだ）

可菜子が穿いていたものだとはとても信じられなかったが、全身の血が沸騰しだす。ドキドキしながら鼻を寄せれば、ツンとした刺激臭が鼻腔《びこう》を突き刺した。

酸味の強い匂いの中にほんのり香る、乳酪臭にも似た生々しい芳香。決して香気とは言い難いのに、この高揚感はいかなることか。

（あぁ、やべっ、また催してきちゃった）

頭に血が昇り、再びアルコールが回りだしたのか、意識が朦朧《もうろう》としだす。

自慰行為をする時間はなく、勝手に持ちだして離れで欲望をぶつけようか。

もう一人の自分が耳元で囁いた瞬間、引き戸がノックされ、順平は一瞬にしてパニック状態に陥った。

「もう出た？」

「あ、は、はい」

うっかり反射的に答えてしまい、手にしたショーツを洗濯槽に戻して上蓋を閉める。

「開けるわよ」

「あ、あ……」

使用済みの下着のことで頭がいっぱいになり、自分が全裸であることを忘れていた。

股間を手で隠すと同時に戸が開き、可菜子が頬を引き攣らせた。

時間の流れが止まり、去年の夏のシチュエーションが再現される。

「な、何やってるの？」

「あ、あの……」

美熟女は視線を下方に向けたあと、頬をみるみる真っ赤にさせた。

股間を見下ろせば、パンパンに張りつめた亀頭が手からはみだしている。

「あ、こ、これは……」

身を屈めて性器を隠すと、可菜子は大股で近づき、険しい顔つきから洗濯機の上蓋を開けた。

（あ、やべっ！）

冷静さを失い、ショーツはブリーフの上に放りだしていたのだ。明らかに不自然な状態に、熟女は眉尻を吊りあげていく。

「あ、あの……説明させてください」

「……いって」

「は？」

「即刻、この家から出ていって。離れに住むことも許さないから」

「それだけは勘弁してください」

泣き顔で懇願した瞬間、可菜子は振り向きざま、しなやかな手を振りかざした。

（あぁ、また……）

強烈なビンタを張られ、目の前を白い星がチカチカ回る。順平は怒張をメトロノームのように振りながら、もんどり打って倒れこんだ。

第三章　女上司との一夜の過ち

1

四月に入り、順平は新社会人として忙しい日々を過ごしていた。

一人で営業車を運転し、顧客に新製品のプレゼンテーションをして回るも、不況のせいか、どの会社の担当者も首を縦には振ってくれない。

新しい生活環境に身体が慣れず、帰社した際は疲労感がドッと押し寄せるのだ。

（はあ……いずれは飛びこみ営業もしなきゃならないし、こんな状況でやっていけるのかな）

不安は仕事ばかりでなく、プライベートでも一週間前の出来事が重くのしかかっていた。

可菜子に叱責《しっせき》されたあと、逃げるように離れに戻った順平は泥のように眠った。

翌日の昼前、目覚めたときに感じた慚愧《ざんき》の念はいまだに忘れられない。

美熟女に対しての数々の非礼を思いだし、背筋が凍りつくほどだった。

よくよく考えてみれば、一度吐いたぐらいでアルコールが抜けるはずもなかったのだ。すぐさま謝罪に赴いたのだが、可菜子は外出しており、応対したのは母親だった。

娘から話は何も聞かされていなかったようで、終始にこやかな顔で接してくれたときは少なからずホッとしたものだ。

順平は仕方なく離れに荷物を運び入れる旨を告げ、その足で前に住んでいた住居に向かい、運送会社のトラックが到着するのを待ち受けた。

(結局……あのまま離れに住みつづけてるけど、いいのかなぁ。可菜子さん、絶対に怒ってるはずだし)

理沙の様子もふだんと変わりなく、プライベートな話をする機会は一度もなかった。

エッチ寸前までいったのだから、親友には相談しづらいのかもしれない。

営業車を駐車場に停め、重苦しい表情で降りる。時刻は午後八時を過ぎており、空腹と精神的な疲労から身体がやけに怠かった。

(俺のパンツ、いったいどうなったんだろ?)

この一週間、可菜子とは顔を合わせていない。

明日の土曜、もう一度訪問し、本人に直接謝罪しようか。

(このままじゃ、宙ぶらりんの状態だし……もしかすると、離れのほうはオーケーでも、アパートへの入居は断られるかもしれないな。許してくれなかったら、そのときは仕方ないや)

美しい熟女のもとを去るのは寂しかったが、これも身から出た錆《さび》だ。

一度ならず二度までも失態を演じてしまい、今さらながら己の浅はかさを悔やんでしまう。

重い足取りでビルのエントランス扉を開け、エレベーターに乗りこんだ直後、順平は下町にある営業所から製品の補充を頼まれたことを思いだした。

(明日、明後日《あさって》と休みだし、今のうちに車に積みこんでおいたほうがいいかも。忘れることもないだろうし)

とりあえず報告をと営業部に戻ると、理沙の姿はなく、帰り支度をしている先輩社員が一人いるだけだった。

「あ、お疲れさまです。あの……課長は？」

「ああ、今しがた出ていったよ。俺が帰ってきたとき、電話をしていて、製品の部品がどうとか話してたから、倉庫に行ったんじゃないか？」

「あ、そうですか。ありがとうございました」

順平は先輩社員に一礼するや、鞄をデスクの上に置き、すぐさまエレベーターに取って返した。

理沙が倉庫にいるのなら、都合がいい。お目当ての製品が置いてある場所は、すぐにわかりそうだ。

エレベーターが倉庫のある地下に到着し、扉がゆっくり開く。廊下に出て奥に目を向けると、ワイシャツ姿の社員が倉庫に入る最中だった。

（あれ……今の人）

すらっとした背の高い男性は、人事部長の田崎としか思えない。人事部の人間が、何の用で倉庫を訪れるのだろうか。

鉄製のドアが閉められ、あたりがしんと静まりかえる。順平は怪訝な顔をしつつ、無意識のうちに忍び足で倉庫まで歩いていった。

（ま、まさか……いやいや、考えすぎだよ。きっと、理由があるんだ。それにあの二人が社内の倉庫で逢《あ》い引きするなんて、あるはずないじゃないか）

臆《おく》することなく、堂々と倉庫に入っていけばいいのだ。

悪い予感を頭から追い払ったものの、ドアノブを静かに回し、ドアの隙間から覗きこむ。

照明が煌々《こうこう》とついており、なぜか話し声や物音は聞こえてこない。

(何をビクビクする必要がある? 俺は、仕事で倉庫に来たんだから!)

順平は室内にすべりこむや、これまた音を立てずにドアを閉めた。

スチール製の大きな棚が規則正しく並んでおり、息を潜めてあたりを見回す。

理沙はもちろん、田崎の姿もなく、彼らが部品室にいるのは明らかだ。

(修理用の細かい部品が置いてある小部屋に二人きりって……しかも、こんな時間に。こ、こりゃ、引き返したほうがいいかも)

触らぬ神に祟りなし。室内から出ていこうと身体を転回させた瞬間、女性と思われる声が耳朶を打った。

(……え?)

甘ったるい口調は、喘ぎ声ではなかったか。

(う、嘘だろ……あの課長が)

倉庫の左隅に目をやると、部品室の引き戸が微かに開いている。順平は乾いた唇を舌先で湿らせ、緊張の面持ちでゆっくり近づいた。

「ンっ……やっ」

今度は艶っぽい声がはっきり聞こえ、いけないと思う一方、好奇心がムクムクと頭をもたげる。

理沙も美しい女性であり、男心を惹きつける魅力に満ち溢れているのだ。

（ほ、ほんのちょっと……確認するだけだから）

摺り足で引き戸に歩み寄り、二センチほどの隙間に目を近づける。

（あっ!?）

衝撃的な光景に、順平は口をあんぐり開けた。

壁にもたれた理沙に、田崎が身体を密着させている。彼の右手は、間違いなくスカートの中に潜りこんでいた。

2

「こんなところで……や、やめてください」

中年男の不埒な振る舞いに、理沙は困惑げに身をよじった。

「今さら、それはないでしょ。このあいだ、キスしたばかりじゃないか」

「そ、それは……」

確かに、田崎とキスしてしまったのは事実だ。

先週の金曜日、新入社員の歓迎会が催され、理沙も一次会に参加した。仕事疲れと夫の浮気問題が重なり、体調が優れなかったのだろう。ビールジョッキ一杯で酔ってしまい、早々と帰宅の途についたのだが、あとを追ってきたのが田崎だった。

重要な話があると横道に連れこまれ、ひっそりした駐車場で唇を奪われたときはどれほどびっくりしたことか。

ダンディな既婚男性に恋心を寄せていたのは、入社してから三年目までのことだった。

夫と知り合ってから自身の思いは封印したが、おそらく田崎はこちらの気持ちに気づいていたと思う。

優しくて、そつのない振る舞いは所帯を持ってからも変わらず、妻子思いのマイホームパパは夫の理想像だった。

その彼がなぜ今頃になって不適切な行動を見せたのか、ひたすら面食らったものだ。それでもアルコールが全身に回り、身体の芯が熱く火照った。

夫の浮気で鬱憤《うっぷん》が溜まっていたこともあり、気がつくと、キスを受けいれていたのである。

ヒップを軽く撫でられただけで身が蕩け、鼻から甘い吐息がこぼれた。

前から好きだったと告げられたときは胸がときめき、思わずグラッときた。

通行人の笑い声が聞こえてこなければ、いったいどうなっていたか。

我に返った理沙は田崎の胸を押し返し、駆け足で表通りに出ると、すぐさまタクシーを停め、逃げるようにその場をあとにしたのである。

この一週間、彼は接点を持とうと何度も近づき、そのたびに忙しいという理由で躱してきたが、ついに強引な手段に打って出たのだ。

「どうして、私がここにいると、わかったんですか？」

「人事部の入り口のドアは開けっ放しだろ？　君が廊下を歩いてる姿を見て、すぐにあとを追ったんだ。エレベーターが地下に到着するのを確認してから、ぼくもやってきたというわけだ」

中年男はそう言いながら、右手を股ぐらに忍ばせようとする。理沙は手首を押さえつけ、苦悶の表情で相手の良心に訴えた。

「田崎さん。いったい、どうしたんですか？」

「何が？」

「いつもの……あなたらしくないです」

「言っただろ？　ずっと、好きだったって」

「でも、おかしいです。こんな急に……」

素直な疑問をぶつけると、田崎は意味深な笑みを浮かべて言い放った。

「君も、大変みたいじゃないか」

「……え？」

「仕事は一生懸命だし、家事や子育てもがんばってるのは聞いてるよ。そりゃ、いろいろとストレスも溜まるよね？」

呆然として、口元が引き攣る。遠回しな言い方ではあったが、この男は夫が浮気したことを知っている。

社内の人間でその事実を知っているのは、総務部に所属する同期の女性社員だけだった。

悩みに悩んでいたとき、彼女から心配そうに問いかけられ、うっかり口をすべらせてしまったのだ。

人事部と総務部は同じ部屋を共用しており、必然的に接点も多くなる。

（ひどいわ……ここだけの話にしてくれって言ったのに）

今の状況なら、簡単に堕《お》とせると目論《もくろ》んだのか。ここがチャンスとばかりに、迫ってきたとしか思えなかった。

「あなたには、大切な奥さんやお子さんがいるじゃないですか。裏切っても、いいんですか？」

「女房？　とんでもない。実家依存のわがまま娘で、言いたい放題だよ。そんな女に育てられた子供が、まともに成長すると思うかい？　家には俺の居場所なんてないし、最近じゃ、飲み屋で時間を潰してから帰るんだ」

他人には家庭の内情まではわからないものだが、これほどイメージとかけ離れた生活をしていたとは思わなかった。

「寂しい者同士、仲よくしようよ。ねっ？」

「あ、ンっ」

彼は右手をグイグイ押しこみ、泣きそうな顔で必死の抵抗を試みる。

ストレートに愛情をぶつけてくれたら、素直に寄りかかったかもしれない。だが、人の弱みにつけこむようなやり方はどうしても納得できなかった。

日々のストレスを、不貞というかたちで発散しようというのだろう。そこには愛情のかけらもなく、ただれた性愛しか存在しないのだ。

田崎に対する爽やかなイメージや夫の理想像は、ガラガラと音を立てて崩れていった。

「や、やめてください……あっ」

男の力には敵わず、右指がショーツの船底をとらえる。

「おぉ、湿ってるじゃないの！」

「い、いやっ」

「ここかな？　ここがいいのかな？」

「ン、ふうっ」

指先がクリクリと回転するや、微かな性電流が身を駆け抜け、理沙は腰をぶるっと震わせた。

長らく男と接していない肉体は快楽を享受し、愛液を湧出させているのだ。

敏感な箇所を嬲られるたびに、頑《かたく》なな心が氷のように溶けていく。

なんと、情けないのか。

悔しげに唇を噛んだ瞬間、田崎は勝ち誇った笑みを浮かべた。

「ふふっ、パンティがどんどん湿ってくる。なんとも色っぽい顔だ」

「うふっ、やっ……あっ」

指がショーツの裾からすべりこみ、肉の尖りをこねまわす。

巨大な快感が襲いかかると同時に大量の花蜜が溢れこぼれ、ぬちゃっと淫靡《いんび》な音を奏でた。

「ひっ、くっ」

さすがは経験豊富な既婚者だけに、性感ポイントを的確に攻めたてる。

クリットを上下左右にあやされ、はたまたくじられ、下腹部全体が一瞬にしてふわふわした感覚に包まれた。

「だめっ、だめっ」

心では拒絶しているのに、身体は少しも言うことを聞かない。田崎に手首を摑まれ、無理やり股間の膨らみに導かれる。

完全勃起したペニスはズボンの上から熱い脈を打ち、牡の昂りをいやでも知らしめた。

（あ、すごいわ）

五十路《いそじ》を迎えた男とは思えぬ剛直ぶりに、心臓がバクバクと大きな音を立てる。

「ンっ、ふっ⁉」

唇を奪われ、分厚い舌が口腔《こうこう》に潜りこむと、あっという間に舌を搦《から》め捕られた。

唾液をじゅるじゅる吸われ、激しいキスに頭がポーッとする。

(あ、あぁ、だめっ……も、もう)

脳幹が甘く痺れはじめた頃、身体が無重力感に襲われ、真横にあるデスクへ強引に座らされた。

逃げだそうとしても田崎は抱きついたまま、唇をほどこうとしない。指は相変わらず女芯を掻きくじり、さらには太い指が膣内への抜き差しを開始した。

(あ、嘘っ……やぁぁあぁっ)

くちゅんくちゅんとリズミカルな水音が洩れ聞こえ、快感のパルスが身も心も灼《や》き尽くす。七色の光が脳裏で瞬き、性への頂に向かって一直線に駆けのぼる。

不本意ながらも、このままイカされてしまうのか。

眉根を寄せた瞬間、ズボンのベルトを外す音が聞こえ、理沙は額に脂汗を滲《にじ》ませた。

(う、嘘でしょ)

こんなジメジメした薄暗い場所で、貞操を奪われたくない。

「く、くっ」

閉じていた目を開いた瞬間、理沙は心の中であっという悲鳴をあげた。

三メートルほど先の出入り口の引き戸が微かに開いており、隙間から人の目が覗きこんでいたのである。

(だ、誰っ⁉)

背筋を伝った汗が冷え、総身が粟立《あわだ》つ。視線が絡み合ったとたん、覗き見をしていた人物は扉の前からサッと離れた。

「あ、あ……」

田崎は引き戸に対して背中を向けていたため、第三者の存在には気づかず、今度はズボンのジッパーを下ろす音が洩れ聞こえる。

このまま、強引に犯されてしまうのか。拳《こぶし》を握りしめた刹那、引き戸の向こうから大きな物音が響き、田崎の動きがピタリと止まった。

「な、何だ、誰かいるのか⁉」

後ろを振り返った中年男は、捲り下ろそうとしたスラックスを慌てて引きあげる。

(チャ、チャンスだわ)

理沙は右足をくの字に曲げ、田崎の胸を力の限り蹴り飛ばした。

「うわっ!」

虚をつかれた男は床に尻餅《しりもち》をつき、後頭部を壁にしこたま打ちつける。

「あ、つつっ」

理沙はすかさずデスクから下り立ち、服装の乱れを整えながら非難の言葉を浴びせた。

「私は、あなたなんかに興味ありません！　こんなことは、二度とやめてください！　次は、会社側に訴えますから!!」

ぽかんとする破廉恥漢を尻目に部品室を飛びだせば、通路に製品のケースが落ちている。

(誰かが、棚からわざと落としたんだわ)

出入り口に向かった理沙は、ドアを開けてエレベーターに駆け寄り、すぐさまボタンを押した。

階数表示のパネルが、二階から三階に移ったところで停止する。

覗き見をした人物は、絶体絶命の危機を救ってくれた。

ネクタイは確認できたので、紛れもなく男性だろう。今なら、彼はまだ三階にいるはずなのだ。

(ああ、早く来て！)

何度もボタンを押し、倉庫の出入り口に不安げな視線を送る。田崎がいつ飛びだしてくるか気が気でなく、待っている時間がとてつもなく長く感じられた。

エレベーターが地下に到着するや、素早く乗りこみ、今度は「閉」のボタンを押しまくる。

扉が閉まると、理沙はようやく安堵の胸を撫で下ろした。

（それにしても、いったい誰かしら？）

彼は、田崎のセクハラ行為を知る重要な証人である。人物を確定しておくことはもちろん、謝礼や口止めもしておかなければならない。

三階に停まったエレベーターから降りるや、廊下を早足で突き進み、人事部と総務部の部屋を覗く。

社員の姿はなく、続いて真向かいにある営業部のドアを開けた。

「……あ」

鞄を手にした順平が口元を強ばらせ、目元を赤らめる。表情やネクタイの色と柄から、目撃した人物が彼なのだと直感した。

「あ、し、仕事、何の問題もなく済ませました。それじゃ、お疲れさまです」

順平はこちらに向かって歩きだし、目を合わせずに通りすぎようとする。

「待って」

腕を摑んで呼びとめても、決して振り返ろうとせず、震える声で答えた。

「な、何でしょう」

「これから、つき合って」

「……え？」

「そこで待ってるのよ」

自分のデスクに戻り、鞄を手に取って返す。

「さ、行きましょう」

「あの……どこへ？」

「いいから早く！」

田崎が今にも戻ってくるかもしれず、ぐずぐずしている暇はないのだ。

エレベーターに駆け寄ると、表示パネルは地下を指し示しており、顔から血の気が引いた。

「階段で行きましょ」

「は、はい……あ」

順平の手首を摑み、脇にある扉を開けて階段を下りていく。田崎の淫靡な笑みを思い浮かべただけで心臓が萎縮《いしゅく》し、手足が小刻みに震えた。

3

目の前に並べられた豪勢な料理に舌鼓を打ち、生ビールで渇いた喉を潤す。

理沙に連れられて入った店は、生まれて初めての高級中華料理店だった。

個室の広さは、十五畳ほどあるだろうか。きらびやかなシャンデリアに、内装はレンガや石の彫り物、アンティーク調の木枠を配した仕様で、デザイン性に富んでいる。

(うわっ……うまい！　うますぎる)

空腹は限界寸前だっただけに、回転テーブルの真向かいに座る理沙の姿は目に入らず、順平は北京ダックや海鮮料理、フカヒレスープなど、脇目も振らずに口に放りこんでは胃に流しこんだ。

一人暮らしを始めてから、ろくな物を食べていなかったので、格別なおいしさだ。

「他に、何か食べたいものある?」

「いえ、もうけっこうです。お腹も膨れました」

顔を上げると、理沙は料理にはほとんど手をつけず、空のビールジョッキが三つも並んでいた。

目元はすっかり紅潮し、酔いがかなり回っているように見える。

「あの……家のほうは大丈夫なんですか？　もう九時半ですけど」

「残業で遅くなるって連絡したから、平気よ」

「そうですか。残業といえば、仕事のほうは……」

「何？」

「いや、あの……」

理沙は、仕事の電話を受けてから倉庫に向かった。

その事実を知っている人物は帰宅した先輩社員だけで、いらぬ疑いをかけられたくないという心理が働いた。

（部品室での会話を聞いた限りでは、田崎さんが一方的に迫って、課長は拒絶してたもんな。ここは……見なかったことにしておいたほうがいいんだ）

理沙と視線がかち合ったときは心臓が止まるかと思ったが、引き戸の狭い隙間からでは人物の特定はできなかったはずだ。

「大丈夫。そちらのほうも、部品の在庫があったことは伝えたから」

「そうですか……あ」

理沙がじろりと睨みつけ、順平は気まずげな顔で肩を竦めた。

（覗き見してたのは俺だって、完全に当たりをつけてるんだ）

だからこそ、見るからに接待用の高級店に連れてきたのだろう。

俯いたままでいると、扉をノックする音が聞こえ、ボーイがビールジョッキを手に入室してくる。

「……え？」

「さ、飲んで」

呆然とするなか、理沙は受け取ったジョッキに口をつけ、ぐいぐいとあおった。

順平にしても、これが三杯目のアルコールで顔が火照っている。

（まずいな。酒は控えようと思ってたのに）

緩やかに波打つ喉を目にしているだけで、牡の血がざわざわしだした。

彼女はほんの一時間ほど前、田崎から指での愛撫《あいぶ》を受けたのだ。

（パンティが湿ってるって言ってた。エッチな音も聞こえたし、間違いなく濡れてたってことだよな）

汚れた下着はそのままなのか、女陰にはいまだに愛液がへばりついているのか。淫らな妄想が頭の中を駆け巡り、ズボンの下のペニスが重みを増した。

（あぁ、課長がやたらセクシーな女に見えてきたぞ……いかんいかん！　これ以上、酒を飲んだら……）

一週間前にも酒で大失敗しており、明日は母屋を訪れ、可菜子に謝罪する予定なのだ。目の前に置かれたジョッキを見つめていると、前方から怒気を孕《はら》んだ声が響いた。

「飲みなさいって、言ってるでしょ」

「あ、は、はい」

理沙からしてみれば、とてもシラフではいられないのかもしれない。仕方なくビールを半分ほど飲み干せば、女上司はとろんとした顔で身を乗りだした。

「やっぱり、あなただったのね？」

「な、何のことですか？」

「とぼけないで。ネクタイの色や模様は、ちゃんと見たのよ。あなた以外に考えられないわ」

「……あ」

観念した順平が肩を落とすと、今度はやけに優しげな声が耳に届いた。

「覗き見を怒ってるんじゃないのよ。感謝してるの」

「え？」

「製品を落として、大きな音を立てたでしょ？」

「す、すみません。すごく混乱して、このままじゃいけないと、それしか思いつかなくて……」

「どうして、倉庫に来たの？」

事情をかいつまんで話すと、理沙は納得げに頷き、頭を深々と下げた。

「本当に助かったわ。前に一度、無理やり迫られて、はっきりした態度を取らなかったのが悪かったのね。まさか倉庫まで追いかけてくるなんて、思ってもいなかったわ」

「お役に立てて……よかったです」

「床に落ちた製品、壊れちゃったかもね」

「す、すみません！」

今度は順平が頭を下げると、女上司は口元に手を添えて笑った。

「謝る必要なんてないわ。あなたのおかげで、貞操を守れたんだから。部品室を出てくるとき、もうやめてくれってはっきり言ったの。今度は、会社に訴えるって。それでね……」

「わかってます。もしそんなことになったら、ぼくが証人になりますから」

「あら、察しがいいのね。もうひとつお願いがあるんだけど、今日あなたが見たことは誰にも言わないでほしいの。今のところは、大事にしたくないって思いもあるし」

「わかりました」

酔いが回っているのか、今夜の理沙はやけに饒舌《じょうぜつ》だ。

(去年の夏は、こんな感じだったかな？　入社してからは、まるで別人みたいだったけど……)

別荘で飲んだときはもっと柔和な顔つきをしていた気がするのだが、仕事中の彼女はいつも険しい表情をしていた。

それでも仕事モードの女上司はカッコよく、憧れに近い印象を抱いていただけに、倉庫内で覗き見た光景はそれなりのショックを与えたのである。

「最初はびっくりしたんですけど、何て言ったらいいか、ホッとしたんですよ」

「ホッとした？」

「ええ」

順平は目を伏せ、しばし間を置いてから答えた。

「課長が不倫していなかったことに。てっきり、ダブル不倫だと思ったので」

「……不倫か」

理沙はなぜか顔を曇らせ、小さな溜め息をつく。そして思いつめた表情で、またもやビールをあおった。

（あれ、俺……変なこと言っちゃったかな）

黒目がちの目が焦点を失いはじめ、肩が左右に揺れはじめる。もはや泥酔しているとしか思えず、とたんに心配になった。

「あの、そろそろ行きましょうか」

「そ、そうね。悪いけど、店の人……呼んでくれる？」

「は、はい」

テーブルに置かれたチャイムを押した直後、理沙は気怠げに片頬杖《かたほおづえ》をつく。

（そういえば、別荘でもいち早くダウンしちゃったっけ。酒は、あまり強くないのかも）

今にも眠りそうな雰囲気に、ひたすら困惑するばかりだ。

会計を済ませ、店をあとにしたとたん、理沙は大きくよろめいた。

「か、課長……しっかりしてください」

肩を担ぎ、階段を下りて表通りに出たものの、金曜日の夜は人でごった返し、タクシーはつかまりそうにない。

二人分の鞄を手にした順平は、早くも汗だく状態だった。

「タクシー乗り場、どこにあるんですか？」

「う、ううん」

「ううんじゃないですよ。あ……お、重い」

「少し……」

「は、何ですか？」

「少し……休みたいわ。こんな状態で帰ったら、親に怒られちゃうし」

「休むったって……どこで休むんです？」

行き交う人々が好奇の眼差しを向け、できることなら人目を避けたい。

「裏手に回れば、ラブホテル街があるわ」

「えっ!?」

想定外の言葉に、心臓が張り裂けんばかりに高鳴る。順平は顔を引き攣らせたまま、震える声で問いかけた。

「じょ、冗談でしょ？」

「気分が悪いのよ」

「あんなに飲むからですよ」

「いいから早く。こんなところで、みっともない姿を他人に見せられないわ」

「わ、わかりました！」

衣服の上からでも、彼女の体温がはっきり伝わる。路地に入ると、急に薄暗くなり、前方にラブホテルの看板がいくつも見て取れた。

（ホ、ホントかよ……ホントにラブホテルに入るのか？）

順平自身もアルコールが回り、かろうじて理性を保っている状態なのだ。

どうやら、三杯目のビールがかなり効いたらしい。

額に滲んだ汗が目に滴るも、今は拭《ぬぐ》うことすらできなかった。

（でも気分が悪いんじゃ、仕方ないよな。これは緊急事態なんだから）

必死に言い訳を繕う一方、スケベ心はどうしても封印できない。

やがて「空室あり」のネオンサインが目に入ると、緊張感はピークに達し、股間の逸物がズキンと痛んだ。

4

休憩二時間、四千五百円のラブホテルは場末の雰囲気をプンプン漂わせた。

壁紙の端は破れ、室内の隅には埃《ほこり》がうっすら溜まり、ワインカラーの絨毯には小さなシミがこびりついている。

（どうりで……空いてたわけだよ）

金曜日のこの時間帯では、いくら探しても、清潔感のあるホテルは満室だったかもしれない。それがわかっていても、順平は気まずげに室内を見渡した。

理沙はよほど気分が悪いのか、気にする素振りを見せずに荒い息を吐く。

「上着を……脱がせて」

「は、はい」

脱がせたジャケットをハンガーに掛けたとたん、女上司は掛け布団を引っぺがし、仰向けに倒れこんだ。

「……お水」

「ちょっと待ってください」

備えつけの冷蔵庫を開け、ウーロン茶の缶を取りだす。すぐさまベッドに戻ると、理沙はすでに軽い寝息を立てていた。

(あぁ、ブラウスの第一ボタンが外されてる)

胸元から覗く白い肌に目を奪われ、男がいやが上にも奮い立つ。スカートの裾もずりあがり、肉づきのいい太腿が剝きだしになっていた。

(ム、ムチムチだ……たまんねえ)

今となっては、田崎の気持ちがよくわかる。グラマラスなプロポーションが熟女の魅力を余すことなく放ち、牡の本能をこれでもかと刺激するのだ。

「か、課長」

小声で呼びかけても、彼女は何の反応も示さない。

「冷たいウーロン茶、持ってきました」

肩を揺り動かしても目を開けず、順平は予定外の展開にたじろいだ。

(このまま、寝かせてあげるべきだよな)

はなから、休憩するためにラブホテルを利用したのだ。

無理をして自制心を働かせるも、アルコールが理性を頭の隅に追いやり、ズボンの下のペニスが小躍りする。

美貴に続いて理沙とまで関係を結んでしまったら、可菜子に合わせる顔がない。

それでも先日の彼女の怒りの表情を思い返し、心がグラグラと揺れた。

(明日、会ったら……次のアパートを探してくれって……言われるよな)

そうなれば、美熟女との交際など夢のまた夢になるのだ。

どうせ、想いが通じないのなら……。

順平は理沙にゆっくり近づき、ウーロン茶の缶をヘッドボードに置いた。

(可菜子さん、ごめん！　俺って、どうしようもない男なんだっ!!)

胸底で謝罪し、獲物を狙《ねら》う鷹《たか》のような目つきで無防備な熟女を見下ろす。

ショーツと恥芯は汚れているはずで、覗いてみたいという倒錯的な欲望が脳裏を支配した。

上着を脱ぎ捨て、スカートの裾をおずおずとたくしあげる。期待感に胸が躍り、パンツの中のペニスがフル勃起する。

卑劣だとはわかっていても、昂る情動を止められない。スカートを股の付け根まで捲りあげると、量感をたっぷりたたえた太腿がふるんと揺れた。

(あ、あれ？)

倉庫で覗き見したときは、ライトブルーのショーツを穿いていたはずなのだが、いつの間にかベージュピンクに変わっている。

小首を傾《かし》げつつ、左足をそっと外に押しだせば、理沙は眉根を寄せて呻いた。

「う、ううん」

眠っていても、違和感を覚えたのか、両足に力が込められる。ドキリとしたものの、理沙が目を開けることはなく、またもや寝息が洩れ聞こえた。

（あぁ、びっくりした。もし今の時点で起きたら、とんでもなくヤバいことになるぞ）

意識がないなかで蛮行に及ぼうとしているのだから、田崎よりもよほど悪質なのではないか。自己嫌悪に陥ったのも束の間、くっきりしたY字ラインが目に入るや、牡の欲望は再び燃えさかった。

（お、おマ×コが、小判形にこんもりしてる！）

フロントの上部にフリルをあしらったセミビキニタイプも、男心を苛烈にあおる。鼻の穴を広げた順平はショーツの上縁に手を添え、薄い布地をゆっくり引き下ろしていった。

見るからに柔らかそうな恥毛とふっくらした恥丘の膨らみに、気持ちが昂る。

クロッチをチラリと覗きこむと、恥液の跡はもちろん、女肉の刻印すら見られなかった。

（新しいパンティに……替えたんだ。常に替えの下着を用意してるんだ）

理沙は中華料理店に到着するやいなや、化粧室に向かい、十分ほど帰ってこなかった。

おそらく、そのときに下着を穿き替えたのだろう。あれだけの高級店なら、温水洗浄機能もついていたはずで、汚れた陰部も清めたに違いない。

（さすが！　大人の女性は、いついかなるときでも身だしなみを忘れないものなんだ）

田崎の痕跡《こんせき》が消えているのなら、誠に都合がよかった。

肝心な箇所から目を背け、足首から抜き取ったショーツを脇に放り投げる。

ぴったり閉じられた脚線美に手を添え、今度は慎重に広げていく。

「……ンっ」

足に力が入るたびに手を止め、小さな深呼吸を繰り返す。やがて両足が三十センチほど開いたところで顔を上げ、ようやく熟女の秘園を注視した。

細長い陰唇は口を閉じたまま、小ぶりな陰核も薄い肉帽子を被《かぶ》っている。

まだ刺激を受けていない女肉は、開花直前の花のつぼみに見えた。

（か、課長のおマ×コだ）

喉が干上がり、息が苦しくなる。ネクタイをほどいた順平は股のあいだで身を屈め、鼻をそっと近づけた。

匂いはほとんどなく、まっさらな恥肉を目にした限りは、やはり汚れはビデで洗い落としたとしか思えない。鼻をひくつかせれば、潮の香りがほんのり漂い、凶悪な肉の棍棒がひと際反り返った。

（あぁ……もうだめだ）

舌を突きだし、淫裂に沿ってペロンと舐めあげれば、プルーンにも似た酸味が口の中に広がる。指で陰唇を押し広げると、しっとりしたゼリー状の内粘膜が露《あらわ》になり、濃厚な女臭が鼻腔を燻《いぶ》した。

犬のように匂いを嗅ぎ、はたまた舌を這わせ、密《ひそ》やかな楽しみを満喫する。眠っていても快感は得られるのか、女肉の連なりが充血しだし、外側に向かって捲れはじめた。

頂上の尖りも、心なしか厚みを増したようだ。舌先で包皮を剝きあげ、半透明の肉粒をチロチロと嬲りまわすや、理沙の下肢が小さく震えた。

「う、うぅン」

ハッとして息を呑み、しばし様子をうかがう。寝息が再び聞こえてくると、順平はクンニリングスを再開し、女上司の恥芯を唾液にまみれさせた。

(匂いが強烈になったぞ。ねっとりした感触も、俺の唾だけじゃないよな)

女肉の花がぱっくり開き、甘蜜をとろりと滴らせる。

悪辣《あくらつ》な性のエネルギーが煮え滾《たぎ》り、今にも器から溢れこぼれそうだった。

このまま結合すれば、理沙は目を覚まし、破滅を迎えることは火を見るより明らかなのだ。

(ああ、いい、もうどうなってもいい!)

わかっていても、理性は取り戻せず、獰猛《どうもう》な情動がレッドゾーンに飛びこむ。

身を起こした順平はワイシャツとインナーに続き、ズボンとボクサーブリーフを脱ぎ捨てた。

全裸になったところで怒張がしなり、鈴口から前触れの液が滲みだす。

(挿れたい……やりたい)

腰を足のあいだに割り入れたとたん、一週間前の出来事が脳裏をよぎった。

可菜子の膣口は狭く、愛液のぬめりが挿入を妨げ、暴発という憂き目に遭ってしまったのだ。

（課長は子供を生んでるし、スムーズに入るはずだよ）

不安に駆られるも、牡の昂りは怯まない。覚悟を決めた順平は剛直を握りしめ、肉筒の先端を濡れそぼつ窪《くぼ》みにあてがった。

（先っぽが入った。このまま突き進めば……）

理沙の様子をチラチラと探りつつ、慎重に腰を繰りだしていく。案の定、雁首で引っかかったが、ここまで来て、中止の考えは微塵も起きなかった。

（ええい、ままよ！）

恥骨をグイと迫《せ》りだせば、亀頭冠はとば口をくぐり抜け、同時に理沙が眉間《みけん》に縦皺《たてじわ》を刻む。さらには美貌を逆側に振り、両足を徐々に狭めた。

（やばい……起きちゃったかも）

冷や汗が背筋を伝うも、女上司は相変わらず目を閉じたままだ。

潜在意識で、身の危険を感じているのかもしれない。順平はしばし気を落ち着かせたあと、男根を膣内にゆっくり埋めこんでいった。

「お、おっ」

とろとろの媚粘膜が胴体を優しく包みこみ、ペニスの芯が早くもひりついた。

熟女の肉洞は、若い女性とは比較にならない快美を与えてくる。

（可菜子さんのおマ×コも、こんなに気持ちいいのかな）

美しい容貌が頭にちらつくも、剛槍が萎える気配は少しもない。

三人の熟女のうち、ついに二人と肉の契りを交わしてしまった。

可菜子が先日の一件を許してくれたとしても、理沙との既成事実が耳に入れば、間違いなく軽蔑《けいべつ》の眼差しを向けるだろう。

もはや彼女との交際は、海の藻屑《もくず》となったも同然なのだ。

順平は美熟女の面影を頭から追い払い、ゆったりした律動を開始した。

愛液のぬめりが肉胴に絡みつき、気持ちいいことこのうえない。

抜き差しを繰り返すペニスが、照明の光を反射して妖しい照り輝きを放った。

（あ、あ……昂奮しすぎて、すぐにイッちゃいそう）

スライドのピッチが自然と上がり、結合部から卑猥な水音が響きだす。青筋が脈動を始め、腰の奥が甘美な鈍痛感に覆い尽くされる。

できることなら、理沙には気づかれずに男子の本懐を遂げたい。

（おっ、おっ……いいいっ！）

膣外射精に向けて鼻息を荒らげたものの、次の瞬間、順平は心臓をドキリとさせた。

腰をよじった理沙が、目をうっすら開けたのである。

5

自身の肉体に吹き荒れる快感は、夢の中の出来事だと思っていた。

イケメンの男性に抱かれ、逞しい逸物で秘芯を貫かれ、確かに幸福感と充足感に浸っていたのだ。

ペニスが与える肉の振動が身体を揺らし、まどろんでいた理沙を現実へと引き戻した。

（な、何……ここはどこ？）

頭の芯がボーッとし、とっさに思考が働かない。見慣れぬ天井に続いて男の顔が視界に入っても、自分の置かれている状況がわからなかった。

全身が上下するたびに快美が股間を突き抜け、天国に舞いのぼるような感覚に包まれる。

まだ、淫らな夢を見ているのだろうか。

意識がはっきりしだすと、これまでの記憶が途切れ途切れに甦った。

（そうだわ……田崎さんに部品室で襲われ……垣原に覗かれて……）

口止めを兼ね、感謝の意を告げる目的で順平を中華料理店に誘ったのだ。

気まずさと恥ずかしさから話を切りだせず、大量のアルコールを摂取したところまでは覚えている。

（あ、あ……気分が悪くなって……休みたいって言ったんだわ）

表通りの裏手にはラブホテル街があり、あのときは人前で粗相をするよりはましだと思ったのだ。

おそらくホテルの部屋に入るなり、安堵感から前後不覚に陥ってしまったのだろう。下腹部に走る違和感がはっきりしだし、こわごわ見下ろせば、極太の男根が股ぐらでスライドを繰り返していた。

「あ、うっ」

順平と視線がかち合うも、彼は腰の動きを止めずにガンガンと打ち振る。

「あなた……な、何やってるの？」

「す、すみません！　課長の寝てる姿を見てたら、ムラムラしちゃって」

「やっ、ちょっと！　抜きなさい、抜きなさいよ！」

「だ、だめです！　もう止まりません!!」

「ふざけないで……あ、あンぅぅっ」

若い男性のスタミナは無尽蔵で、ギンギンの逸物が情け容赦のないピストンを繰り返した。

張りつめた肉棒が膣壁を何度もこすりあげ、結合部からにちゅくちゅと猥音が響き立つ。腰をひねって逃げだそうとしたものの、アルコールがいまだに神経を麻痺させているのか、意のままにならない。

「な、何を考えてんの⁉」

「ごめんなさい！　課長があまりにも色っぽいから、自分を抑えられなくなって」

「け、けだもの……ンっ、くうっ」

理沙は唇を嚙みつつ、目尻を吊りあげて睨みつけた。

(絶対に許せないわ。これじゃ田崎さんと同じ……ううん、寝てるとこを襲うなんて、もっと悪いじゃない！)

著しくアップした順平への評価は、瞬く間に大幅ダウンした。

平手で、頰を思いきり叩いてやろうか。

右手に力を込めた瞬間、腰を抱えあげられ、理沙は瞳に動揺の色を走らせた。

「あ、やっ」

ペニスがより深く挿入され、切っ先が子宮口を猛烈な勢いで叩きつける。続けてマシンガンピストンが繰りだされると、股間の中心でえも言われぬ快楽が渦巻いた。

「あぁ、課長……すごい、すごいです。とろとろのマン肉がチ×ポに絡みついて、キュッキュッと締めつけて、た、たまりません！」

「いやぁぁあぁっ」

上体を目いっぱい反らして抗うも、悦楽のタイフーンは勢力を増し、自制という防波堤を突き崩していく。

夫の浮気により、図らずも強いられた禁欲生活が大きな影響を与えているとしか思えなかった。

田崎に迫られたときにも感じたが、やはり成熟の肉体は男を欲していたのだ。

(どうして、こんなことに……)

身勝手な男たちの顔が頭の中をぐるぐる回るも、肉悦の暴風雨は熟女の理性と矜持《きょうじ》を根こそぎ吹き飛ばす。

青年の逞しい逸物も、乾いた肉体に多大な潤いを与えた。

夫はもちろん、結婚前に交際してきたどの男よりも大きくて硬いペニスが媚肉を縦横無尽に掻きくじるのだ。

がっちりしたえらが膣内を攪拌《かくはん》し、ヒップが自然と浮きあがる。肉の砲弾を目にもとまらぬ速さで撃ちこまれ、性感がのっぴきならぬ状況に追いつめられる。

「ひっ！」

順平が弾《はじ》けるように腰を叩きつけると、理沙はシーツを鷲掴み、首を左右に打ち振った。

（あ、あ……い、いいっ）

怒りの感情が雲散霧消し、分水嶺《ぶんすいれい》が拒絶から悦楽へと溢れだす。

牡の性が五臓六腑《ごぞうろっぷ》に沁《し》みわたり、愛液という滂沱《ぼうだ》の涙に噎ぶ淫肉がさざめきながらペニスにむしゃぶりついた。

知らずしらずのうちにヒップがグラインドを開始し、ピストンのタイミングに合わせて恥骨を上下に打ち振る。

「おっ、ぐっ」

順平は唇を歪めたものの、怒濤の腰振りで膣肉を抉《えぐ》りまわし、理沙は内臓まで掻きだされそうな感覚に心酔した。

「や、はぁあぁぁぁっ！」

牝の本能が覚醒《かくせい》し、愛欲が一気に加速する。脳裏に白い膜が張り、切ない痺れが子宮を灼く。

このまま、いつまでも性の悦びに浸っていたい。

甘い戦慄《せんりつ》に身を震わせた直後、青年は腰の律動を緩め、苦悶の表情で呻いた。

「あ、あ……課長、そんなに腰を使ったら……イッちゃいます」

「だめっ、だめよ！」

さも当然とばかりに、理沙はやや怒気を含んだ口調で言い放った。

ひとまわり年下の新入社員は、寝込みを襲った悪辣な男なのだ。ハートに火をつけられた以上、とことん満足させてくれなければ納得できない。

理沙は身を起こしざま、歯を食いしばる順平の胸を手で押しこんだ。

「……あ」

不意を突かれた彼は仰向けに倒れこみ、膣からペニスがぶるんと抜け落ちる。

大量の淫蜜をまとった肉棒はいまだに屹立《きつりつ》したまま、鈴口から前触れの液がゆるゆると滴った。

「あ、課長、な、何を!?」

想定外の展開に度肝を抜かれたのか、青年は驚きの表情を見せるも、今の理沙の視界には入らない。

女豹《めひょう》のごとく這い進むや、握りしめたペニスを上下にしごいた。

「む、ふっ！」

「ああ、すごい……大きい、指が回らないわ」

「く、ほぉぉっ……そ、そんなにしごいたら……」

「だめだって、言ってるでしょ！　私の許可なしにイッたら、厳しいノルマを与えるから！」

「そ、それはパワハラでは？」

「どの口が言うの！　卑劣漢のくせに!!」

「ひっ！」

太腿をピシャリと叩き、再び怒張に目を向ける。逞しい肉の棍棒は萎える気配もなく、下腹にべったり張りついたままだった。

栗の実を思わせる亀頭、真横にパンと張りだした雁首、稲光を走らせたような青筋。陰嚢もいなり寿司並みの大きさで、見るからに牡の証がたっぷり詰まっていそうだ。

女芯がひりつき、媚肉の狭間から愛蜜がしとどに溢れでた。牝の淫情が堰を切ってほとばしり、舌先で上唇をなぞりあげた。

根元を指で締めつけ、赤黒く膨張したペニスを真横からしゃぶりたてる。そして縫い目をチロチロと這い嬲り、雁首にソフトなキスを何度も見舞った。

しょっぱさと汗臭い匂いが口中に広がり、久方ぶりに味わう男根の味覚に酔いしれる。

（はぁ……もう我慢できない）

瞳を潤ませた理沙は、喉を鳴らして亀頭冠に唇を被せた。

頭を沈めつつ、口をO状に開き、猛り狂う肉塊をゆっくり呑みこんでいく。

（ホ、ホントにすごいわ。口に……入りきれないかも）

唇の端が裂けそうな巨根ぶりに驚嘆する反面、子宮は甘く疼くばかりだ。

理沙はペニスを中途まで咥えたところで顔を引きあげ、本格的な抽送で胴体に唇をすべらせていった。

クポッ、くぷっ、ヴポっ、ぶぱっ、ヴププププっ！

卑猥な吸茎音が室内に反響し、涎《よだれ》をまとった男根が飴色《あめいろ》に輝いていく。息が詰まりそうな圧迫感におののく一方、性の悦びに身が打ち震えた。

フェラチオの最中にブラウスとブラジャーを脱ぎ捨て、ヒップを揺すりながらネイビーブルーのスカートを引き下ろす。

全裸の状態から顔を左右に振りたてれば、両の頬が交互にぷっくり膨れ、大量の唾液が口唇の端から流れ落ちた。

（ああ、おいしい、おいしいわ）

口腔でビクビクとひくつくペニスが愛《いと》おしく、逞しい脈動が凜とした女上司を一匹の牝犬に変貌《へんぼう》させる。

「ンっ、ンっ、ンっ！」

鼻から洩れる吐息がスタッカートし、首の打ち振りが苛烈さを極めた。

唇の密着度を高めつつ、親指で裏筋をこすりあげ、激しく舐めしゃぶっては吸いたてた。

「あ、あ、あ……」

はしたないバキュームフェラを、順平は頭を起こして見つめていたが、表情までは確認できない。理沙のすべての関心は、眼下に聳《そび》え立つ鋼の蛮刀だけに集中していた。

「ぐっ、くうっ」

低い呻き声が洩れ聞こえ、浅黒い太腿がピクピクと痙攣しだす。

秘めやかな箇所は愛液でびしょ濡れになり、淫情の嵐《あらし》が下腹部の中心部で吹きすさんだ。

「ぷ、ふわぁぁっ」

虚ろな表情で男根を吐きだし、呆然とする順平を尻目に腰に跨《また》がる。

コチコチの肉棒を垂直に起こせば、牡の紋章がひと際いないないた。

「はあはあ、はあぁぁっ」

二人の吐息が交錯し、熱気と発情臭があたりに立ちこめる。肉刀の切っ先を秘裂にあてがうと、燃えるような鉄芯にいちだんと気が昂った。

(あ、やっぱり……大きいわ)

膣道に路はついているはずなのに、雁首はなかなか入り口を通り抜けない。

奥歯を嚙みしめ、ヒップをゆっくり沈めた瞬間、突きでたえらが膣口を通過し、勢い余ってズブズブと埋めこまれた。

「いっ、ひっ!」

肉のすりこぎ棒が膣襞を強烈にこすりあげ、先端が子宮口を打ちつける。

息が震えるほどの挿入感覚は初めてのことで、自ら腰を揺すり、粘膜を通して熱い塊をはっきり実感した。

夫の浮気が不仲の原因だったとはいえ、まさか自分も不貞行為に手を染めてしまうとは同じ穴の狢《むじな》ではないか。

複雑な心境に駆られるも、罪悪感は不思議となく、肌の表面を快感の微電流が絶えず走った。

「……ンっ」

ヒップを軽くバウンドさせれば、快美が逆巻くように迫りあがり、くぐもった吐息を洩らしてしまう。

（やぁンっ、腰が勝手に動いちゃう）

口元に手を添えた理沙は恥骨をリズミカルに前後させ、肉棒の感触を心ゆくまで堪能した。

亀頭の上べりが性感ポイントをゴリッゴリッとこすりたて、目が眩むほどの愉悦に生毛《うぶげ》が逆立つ。前後から上下のスライドに移ったところで、宝冠部が膣口を小突き、女の悦びが甘美なしぶきと化して全身に拡散した。

「あぁ、いい、いいわぁ」

順平はこめかみの血管を浮き立たせ、指示どおりに射精を堪えているようだ。

必死の形相がやけにかわいく思え、今度は心のハープを掻き鳴らした。

性感が上昇気流に乗ると同時に、腰のスライドが回転率を増していく。挿入してから三分と経たず、理沙は絶頂への階段を一足飛びに駆けのぼった。

「あっ、やっ、イクっ、イックぅぅっ！」

ヒップをぶるっとわななかせたあと、順平にもたれかかり、唇に吸いつく。舌を搦め捕ると同時に膣肉をうねらせ、男根をギューギューに引き絞る。

「ンっ、ぐっ、ぷふうっ！」

彼は息を止めていたのか、顔を真っ赤にして噎《む》せた。

「ンっ、はぁっ」

身も心も愉悦に満たされ、女性ホルモンが活性化する。荒々しい吐息を絶え間なくこぼすなか、順平は腰を猛烈な勢いで突きあげた。

「ひ、ンっ！」

「ずるいじゃないですか。課長だけ楽しんで、先にイッちゃうなんて」

「あっ、はっ、やっ、やっ、ンっ！」

マシンガンピストンで子宮口を貫かれ、雄々しい波動がまたもや性感覚を撫であげる。

「い、やあぁあぁ！」

「ぼくだって、我慢したんです。もう限界ですよ。このまま、出しちゃっていいんですか？」

「だめ、だめよ！」

排卵日はまだ先だったが、百パーセント安全という保証はない。もしものリスクを考えれば、中出しを許すわけにはいかなかった。

手と口で放出させようと考えたのだが、太い指が腰にがっちり食いこみ、身体に力が入らない。膣からペニスを抜き取れぬまま、怒濤のピストンが繰り返され、脳幹が再び痺れていった。

（あぁ、すごい、すごいわ。おかしくなっちゃう！）

美貴が我を忘れ、本能に衝き動かされたのもわかる気がする。若い男性のペニスとタフネスさは、女の情欲を引きだすのに十分すぎるほどの魅惑を持ち合わせていたのだ。

もはや、このまま膣内射精されてもかまわない。牡の性を子宮にたっぷり受けたいという衝動に逆らえず、理沙は掠れた声で懇願した。

「あぁ、お願い……イッて、イッて」

「イキたいのはやまやまなんですけど、チ×ポが勃起しすぎて、無感覚に近い状態なんです。愛液の量も多くて、すべりがよすぎるのかも」

図星を指され、全身の血が沸騰した。

確かに恥液の湧出は衰えることなく、次から次へと溢れだしているのだ。

彼の太腿がヒップを打ち鳴らす合間に、ぐっちゅぐっちゅと濁音混じりの水音が高らかに洩れ聞こえていた。

「や、やあぁぁっ」

恥ずかしさから細眉をたわめた直後、身体がふわりと浮きあがる。

「……あ」

順平は身を起こし、後ろ手をついて座位の体勢から腰を突きあげた。

「ンっ、くっ、ふっ、あぁぁンっ」

身体がバウンドするたびに巨根が子宮をズシンと響かせ、またもや意識が薄れていく。

（あ、あぁ、またイッちゃいそう……イクっ、イクぅぅっ）

理沙は天を仰ぎつつ、呆気なく二度目のエクスタシーに導かれた。

視線を虚空にさまよわせるなか、横向きに倒され、順平が背後に寝転んで腰を突きあげる。

片足を抱えあげられ、バックから鬼突きされるたびに、全身の肌に汗の皮膜がうっすら浮かんだ。

挿入部は丸見えの状態で、ギンギンの肉根が逞しい抜き差しを繰り返す。ペニスと恥裂のあいだで粘った糸が幾筋も引かれ、大量の淫蜜が摩擦力を弱めているのは明らかだ。順平に射精の兆候は見られず、途切れることのないピストンに恐怖さえ感じた。

「あぁ……課長のおマ×コ、とろとろで最高です」

「い、いやらしいこと言わないで……あ、ンふぁぁあぁっ！」

こんなに激しいセックスをしたのは、何年ぶりのことだろう。

若い頃は男の欲望のはけ口になりたくないという意識が強く、嫌悪感のほうが先立ったが、今は快楽を素直に享受している自分が信じられない。

しかも相手は友人と関係を結んだ輩であり、直属の部下でもあるのだ。

情けない姿は見せたくない、見せられないというプライドが理性をかろうじて保たせていたが、三度目のアクメは熟れた肉体に遠慮なく襲いかかった。

（ああ、イクぅ、イクぅぅぅっ！）

上体を引き攣らせたところで腰を抱えあげられ、俯《うつぶ》せの状態から片頬をシーツに押しつける。

獣の交尾を連想させる後背位は屈辱的だったが、これまでとはレベルの違うピストンが繰りだされ、理沙は驚きとともに戦慄した。

（う、嘘……どうなってるの？）

肩越しに怯えた視線を向ければ、順平は歯を剝きだし、顔は赤鬼のごとく変貌している。バチッバチッと恥骨がヒップを打ち鳴らすたびに、全身が凄まじい速さで前後した。

「ああ、この体勢だと、おマ×コが狭まって、すごく気持ちがいいです。すぐにイッちゃいそうだ！」

早くイッてと心の中で願うあいだも、順平はしゃにむに腰を振りつづける。

一分、三分、五分。極限まで張りつめた肉棒で膣壁を執拗にこすられ、体内で生じた熱の波紋に思考が溶けた。

最後まで残っていた理性の糸がプツンと切れ、シーツを力いっぱい引き絞る。

口が大きく開け放たれ、涎がしとどに溢れだす。

「あ、あ、あ……」

た。

「だめ……だめっ……いやっ、いやぁあぁぁっ！」

重戦車さながらの迫力あるピストンに、理沙はもはや白旗を掲げるしかなかった。

「イクっ、イクっ！　イッちゃうぅぅぅっ‼」

高らかな嬌声に背中を押されたのか、順平がラストスパートとばかりに腰を跳ねあげる。

「ひぃぃっ……イクっ、イクイクっ……お、お、おぉおぉおぉっ！」

慟哭《どうこく》に近い悦の声を轟かせた瞬間、青白い稲妻が身を貫き、続いてまばゆい光の中に吸いこまれた。

「ぼ、ぼくもイキますよ！」

順平の声は耳に入らず、ペニスが膣から引き抜かれ、ヒップに熱いしぶきを注がれたことすらわからない。これまで経験したことのない至高の肉悦に至り、成熟の肉体が大輪の花を咲かせる。

理沙はベッドに崩れ落ち、黒目をひっくり返して身を痙攣させた。

6

（ああ、ついに課長ともやっちまった）

額から頬、顎を伝った汗がボタボタ滴り落ちる。

少なからずアルコールが抜けたのか、理性を取り戻した順平は絶頂の余韻に浸る女上司を虚ろな目で見下ろした。

（でも……すげえ気持ちよかった）

ありったけの精力を使い果たし、今は何も考えたくない。理沙のとなりに仰向けに倒れこみ、荒い息を間断なく放つ。

目に流れ落ちる汗を指で拭い、横目で様子をうかがえば、理沙は俯せの体勢からいまだに肌をひくつかせていた。

ザーメンとマン汁の匂いがふわりと漂い、ヒップにぶちまけた大量の精液がシーツに向かって流れ落ちる。

順平は気怠げに身を起こし、ヘッドボードに置かれたティッシュ箱から数枚のティッシュを取りだし、濃厚な一番搾りを拭き取った。

（うわっ、いくら昂奮していたとはいえ、ずいぶんとたくさん出しちゃったな。でも……）

ペニスは八分勃ちの状態を維持したまま、下腹部のムラムラはどうにも払拭《ふっしょく》できない。

精液まみれのティッシュをゴミ箱に放り投げ、天井をぼんやり見つめながら息を整えるあいだ、可菜子の面影が再び頭にちらつきだした。

美貴に続き、理沙とも関係を結んでしまった事実は消え失せないのだ。

（この状況で、明日は可菜子さんに謝罪しにいかなければならないのか。あぁ、どんな顔をすりゃ、いいんだよ）

深い溜め息をついた瞬間、真横からか細い声が聞こえた。

「……あんた」

「え？」

ギクリとすると、理沙が目をうっすら開け、こちらをじっと見つめている。

「まさか……可菜子にも手を出したんじゃないでしょうね」

行動パターンをしっかり見抜かれ、順平は困惑顔で片眉を吊りあげた。

「手なんて……出してないですよ」

「信じられないわ……いやらしい男の話なんて」

交歓寸前で、無様にも暴発してしまった記憶が甦る。男女の関係を結んでいないのは事実であり、順平は心外とばかりに反論した。

「あ、ひどいですよ。そんな言い方」

「だって、そうじゃない。気分が悪くて休んでるのに、無理やり襲いかかるなんて。どこからどう見ても、レイプでしょ」

「ま、待ってください。それは……」

確かに、彼女の言うとおりだった。

己の欲望を抑えられず、同意なしで挿入してしまったのだ。しかも相手は直属の上司だけに、今頃になって事の重大さに身震いする。

「可菜子に聞けば、全部わかるのよ」

「き、聞いてもらってもけっこうです。本当に……単なる大家と店子の関係なんですから」

可菜子は一週間前の出来事を話していないようだが、理沙から今夜の一件を聞けば、蛮行の数々をバラしてしまうかもしれない。

（そんなことになったら……もっとヤバいことになるかも）

背中をゾクリとさせた順平は、一瞬にして顔色をなくした。

家を追いだされるだけならまだしも、女上司が暴行されたと訴えれば、会社はクビ、さらには犯罪者としてのレッテルを貼《は》られてしまうのだ。

緊張に身を強ばらせた直後、理沙は思いがけぬ言葉を放った。

「……一夜の過ちなんだから」

「え？」

「私とあなたにのあいだには、何もなかった。もちろん、今夜のことは他言無用よ。いいわね？」

「は、はい、わかりました」

熟女の真意は推し量れなかったが、順平からすれば、願ったり叶《かな》ったりの展開だ。ホッとしたところで、理沙は思いだしたように呟いた。

「あ……今、何時？」

「えっと……ヘッドボードのパネルに時計が……」

デジタル数字は午後十時二十分を示し、今度は女上司が安堵の吐息を洩らす。

「はあ、よかった。妙に頭がすっきりしてるから、長い時間、眠ってしまったのかと思ったわ」

「たっぷり汗をかいたせいだと思いますよ。ぼくもアルコールがかなり抜けて、頭が冴えましたから」

ニコニコ顔で告げれば、理沙はじろりと睨みつける。そして右腕で胸を、くの字に曲げた足で股間を隠しながら身を起こした。

「そろそろ帰らないと……」

「そうですね。シャワー、課長からどうぞ」

乱れた髪を手櫛《てぐし》で整えた女上司の視線が、剝きだし状態のペニスに注がれる。

「やだ……まだ勃ってる」

「……あ、す、すみません」

「信じられない……出したばかりなのに」

理沙は瞬く間に目をとろんとさせ、唇の隙間で舌を悩ましげにすべらせた。

股間を隠そうとする手を振り払われ、柔らかい指で根元をキュッと握られる。

「すごい……コチコチだわ」

「ん、むむっ」

順平は低い呻き声を洩らしつつ、驚きの表情で女上司を見つめた。

「あ、課長、ちょっ……」

「今日だけなんだから……」

「は？」

「今日だけのことなんだから……」

熟女は独り言のように呟き、愛液まみれの男根に顔を被せていく。

順平と同じく、彼女の熟れた肉体は一度きりの情交では満足できないらしい。

ペニスがぬっくりした口腔に招き入れられると、会陰がひくつき、順平の性感も再び息を吹き返した。

第四章　美熟女の噎び泣く好色尻

1

翌日の土曜、昼過ぎに起きた順平は買い置きしていたおにぎりをぱくついた。たっぷりすぎるほどの睡眠時間を取ったため、頭はすっきりし、身体も羽根が生えたように軽い。

空腹が満たされると、昨夜の出来事を思いだし、複雑な表情に変わる。

（課長……すごかったよな。あれから何度も求めてきて、最後にはよがり泣いてたっけ。胸に顔を埋めてきたときは、かわいいなと思ったけど……）

よほど、欲求が溜まっていたのか。それとも、熟女の性欲は自分の想像を遙《はる》かに超えるほど強いものなのか。

しなやかな肉体には不釣り合いな乳房とヒップの量感、長い美脚が頭を掠めるたびに牡の肉がピクリと反応した。

（おいおい、三回も出したんだぞ）

股間を見下ろして苦笑し、スマホの時計表示を確認する。

時刻は午後一時前、可菜子はすでに昼食を済ませただろうか。

（ひょっとして、また出かけてるかも。そのときは……また明日にでも出直せばいいか）

スウェットから普段着に着替え、営業途中で購入しておいた洋菓子の箱を手に母屋に向かう。そして玄関口に到着したところで深呼吸し、まなじりを決して呼び鈴を押した。

『……はい』

スピーカーから響く透きとおった声音は、紛れもなく可菜子だ。

足が小刻みに震え、唾が飲みこめない。

「か、垣原です」

震える声で答えるや、美熟女は間を置いてから抑揚のない口調で答えた。

『……ちょっと待って』

果たして、彼女はどんな顔で現れるのだろう。肩を竦めて佇むなか、玄関の内鍵を外す音が聞こえ、緊張感が最高潮に達した。

「こ、こんにちは」

扉が開くと同時に、軽く頭を下げて挨拶する。

「……こんにちは」

麗しの美熟女は微笑を返したものの、どこかぎこちない。順平は神妙な面持ちで、先日の一件を改めて謝罪した。

「あの……この前は……本当に申し訳ありませんでした。ちゃんと、謝っておこうと思いまして。これ、つまらない物ですけど」

洋菓子の箱を差しだしても、可菜子は受け取らず、こちらの心の内を探るような眼差しを向けてくる。やがて、バラのつぼみにも似た唇をゆっくり開いた。

「本当に……反省してる？」

「え？」

「自分のしたこと、本当に反省してるの？」

「し、してます！　もちろんですっ!!」

「これ、何かしら？」

「あ、あの……クッキーです。お口に合いませんでしょうか？」

不安そうに問いかけると、可菜子はようやく相好を崩した。

「おあがりなさい。お茶をいれるわ」

「え……いいんですか？」

「ええ、どうぞ」

きょとんとしたものの、徐々に喜びが込みあげる。彼女の表情を目にした限りでは、思っていたより怒っていないように思えた。

もし本当に許してくれるのなら、これほどうれしいことはないのだが……。

「そ、それじゃ、ちょっとだけお邪魔します」

間口にあがり、可菜子に続いて黒光りする廊下を突き進む。

「椅子に座って待っててくれる？」

「え……は、はい」

リビングに促され、室内を見回せば、母親の姿はどこにもない。

「あ、あの、お母さんは？」

「友だちと歌舞伎を観にいったわ。気にしないで、くつろいでて」

可菜子は手土産《てみやげ》をテーブルの上に置き、踵を返してリビングをあとにする。

ひと息ついたものの、二人だけの時間を過ごすのかと思うと、新たな緊張感に身を引き締めた。

（てっきりお母さんがいるから、自宅に招き入れたのかと思ったんだけど……）

彼女は、いったい何を考えているのだろう。

心の内が読めないだけに、なおさら怖く、今後の方針について最終通告するつもりなのかもしれない。

リビングは、およそ十二畳ほどだろうか。年季の入ったキッチン、食器棚、質素なテーブルセットに小型テレビと、いかにも昭和の居間という印象だったが、順平の目には入らない。

椅子にちんまりと座り、借りてきた猫のようにおとなしくしていた。

「お待たせ」

可菜子が姿を現し、手にしていた紙袋を差しだす。

「な、何ですか?」

「あなたの下着よ。私が持ってても、仕方ないでしょ?」

「あ、あ……」

汚れたボクサーブリーフのことなど、すっかり忘れていた。

ザーメンが付着した下着を、彼女はわざわざ洗濯してくれたのだ。

(そ、そうだ……俺、可菜子さんのパンティの匂いを嗅いで、ビンタされたんだよな)

いくら酔っていたとはいえ、変態行為に手を染めてしまい、穴があったら入りたい心境だった。

「それじゃ、お茶いれるわね。あなたは、クッキーを出してもらえる？」

「あ、あの……」

「どうしたの？」

「本当にすみませんでした。パンツまで、洗ってもらっちゃって。ぼく、心の底から反省してますから」

「もういいわ。わかったから」

可菜子がキッチンに回りこみ、棚からティーカップを取りだすあいだ、順平は落ち着きなく肩を揺すった。

「紅茶でいいわよね？」

「は、はい。あの……」

「何？　まだ何かあるの？」

「ぼく、まだ離れに住んででいいんでしょうか？」

「……え？」

「今日は覚悟してきたんです。出ていってくれと言われるかもしれないって」

可菜子は口を噤み、カップに置いた茶こしの上からポットの湯を注ぎ入れる。そしてティーカップを手に、順平のもとに歩み寄った。

「出ていきたいんなら、止めないけど……越してきたばかりなのに、また引っ越しじゃ、大変じゃゃない？」

「それはそうですけど……このまま、離れにずっと住みつづけて……いいんですか？」

「ずっとじゃ、ないでしょ」

「え？」

「アパート、ゴールデンウイーク明けに空くんだから」

「……あ」

美熟女の言葉に、ようやく頬を緩める。彼女は、破廉恥行為の数々を許してくれたのだ。

「やだ……まだ開けてないの？」

「あ、すみません」

手みやげの包装紙を破き、上蓋を開ける。甘いもの好きなのか、可菜子はさもうれしげに口元をほころばせた。

「有名店のクッキーじゃない。これ、大好きなのよ」

「よかったです」

「さ、食べましょ……あ、お昼は済んでるのよね？」

「ええ、軽く食べてきました」

熟女は真向かいの席に座り、さっそくクッキーの小袋に手を伸ばす。順平は紅茶をひと口啜《すす》ったあと、上目遣いに彼女の様子を探った。

薄桃色のカーディガン、クリーム色のブラウスにモスグリーンの膝丈スカートと、地味な恰好ではあったが、逆に清廉な雰囲気を際立たせ、いやが上にも男心を惹きつけた。

(俺……この人と、キスやエッチ寸前までいったんだよな。おマ×コも、しっかり見たし)

泥酔状態だったためか、記憶は今ひとつおぼろげだ。肝心な箇所にも霧がかかり、どんな女芯だったかは思いだせなかった。

(や、やべっ……チ×ポが)

海綿体が血液に満たされ、ペニスがズボンの下で重みを増していく。

昨夜、三回も射精したのに、いったいどうなっているのか。

改めて告白したい心情に駆られたが、使用済みの下着を覗き見したこと、理沙との背徳行為が待ったをかけた。

鉄は早いうちに打てというが、やはり時期尚早かもしれない。それでも可菜子への熱い想いは夏空の雲のごとく膨らみ、牡の証がフル勃起すると同時に内からほとばしった。

「どう？　仕事のほうは？」

「あ、は、はい……順調です」

「理沙は、どんな感じなの？　厳しいの？」

女上司の名を出され、決意が萎《しぼ》みかけるも、怒張のいななきは収まらない。

「そうですね……ふだんはニコリともしないです」

「ふふっ、意外だわ。やっぱり、ふだんのときとは全然違うのね」

可菜子の言葉はもう耳に入らず、強ばった表情で身を乗りだす。

「あ、あの……」

「ん？」

順平は真剣な顔つきのまま、ひと呼吸おいてから話を切りだした。

「……覚えてますか？」

「何を？」

「お酒を飲んでないときに……気持ちを聞きたいって言ったこと」

美熟女はきょとんとしたあと、気まずげに目を伏せる。

愛の告白をしたとき、彼女は確かに条件付きでの交際を了承したはずなのだ。

「今は、お酒を飲んでません。可菜子さん……ぼくとつき合ってください」

可菜子はしばし考えこんだあと、小さな溜め息をついてから顔を上げた。

「……困らせないで」

「は？」

「私とあなたじゃ、歳《とし》が違いすぎるわ」

「年齢なんて、関係ありませんよ！　今どきは、歳の離れた姉さん女房だって珍しくないし」

「子供、ほしいでしょ？」

想定外の問いかけに、眉をひそめて答える。

「子供よりも、可菜子さんといっしょにいたいんです」

「今は若いから、そう思うだけで、絶対にほしくなるわ。実は私……子供ができなくて不妊治療を受けてたの。体外受精を試そうかと話し合っていたときに、夫が亡くなってしまって……」

美熟女は言葉を詰まらせ、苦悶の表情を浮かべた。

夫が他界してから二年。彼女がなかなか立ちなおれないのは、そういった事情が深く関係しているからなのだろう。

「でも、このままずっと独りというわけにはいきませんよね?」

「そのつもりよ」

「……え?」

「再婚はしないわ。いつまでも甘えてるわけにはいかないし、いい加減に就職先も探さないと」

可菜子は、亡夫のことをよほど深く愛していたに違いない。だからといって、このままおめおめと引き下がるわけにはいかなかった。

彼女に対する想いは火のごとく燃えさかり、雨が降ろうが槍が降ろうが収まらないのだ。

「再婚するつもりがないのなら、交際するのに問題はないんじゃないですか?」

理屈をぶつけると、熟女は口を引き結ぶ。毅然《きぜん》とした態度は決して崩さなかったが、可菜子の自分を見つめる眼差しはどこか儚《はかな》げだ。

理沙とは違い、キャリア志向の強い女性とは思えない。

心の奥底では、守ってくれる男性を求めているはず。人生経験未熟な順平でも、複雑な女心はなんとなく理解できた。

「そうね……でも結婚しなければ、いずれ別れる日が来るということよ。もし捨てられたら……もう生きていけないかも」

「そ、そんな……捨てるなんて！」

「それにね。こう見えても、私、ものすごい嫉妬《しっと》深いの。若い男の人じゃ、きっと持て余してしまうと思うわ」

「え……嫉妬深いんですか？」

「そうよ。怒ったら、すごいんだから」

美貴とのエッチを間近で目撃され、理沙とも昨日、道ならぬ関係を結んでしまったのだ。

（美貴さんはまだしも、課長のほうがバレたら……絶対にやばいよな）

おののいた表情を納得したと受け取ったのか、可菜子は紅茶をスプーンで掻き回しながら言葉を続ける。

「交際しても、いずれは若い女の子のほうに目がいくわ。だから……同年代の女性とつき合ったほうがいいと思うの」

弱々しい微笑を目にした瞬間、庇護欲が猛烈にそそられた。

この人を守れるのは自分しかいないと、都合のいい思いこみが脳裏を占めた。

ペニスの芯がひりつきだし、溢れだす心情を抑えられない。

「好きです、本当に好きなんです。結婚を前提に、ぼくとつき合ってください」

じっとしていられず、椅子から腰を上げ、鼻にかかった声で懇願する。

「だめ、ちゃんと座って」

可菜子が睨みつけるも、彼女への恋慕はもはや紅蓮《ぐれん》の炎と化しているのだ。

順平は股間の膨らみを突っ張らせたまま、美熟女のもとにふらふらと歩み寄った。

2

（あぁンっ、かわいい）

青年の真っすぐすぎるほどの告白に、女心がぐらぐら揺れる。だが彼の気持ちを、素直に受けいれるわけにはいかない。

自分が二十代のときならまだしも、夫の死後、悲嘆に暮れているうちに三十代後半に突入してしまったのだ。

子供を産める自信もなく、順平の親から猛反対を受けるのは明らかで、惨めな思いはしたくなかった。

仮に再婚したとしても、相手は子供のいるバツイチか。

とても贅沢を言える身分ではなく、四十代、いや、五十代まで手を広げなければならないかもしれない。

(今は熱くなってるだけで、どうせすぐに冷めちゃうんだわ)

それでも二十代の青年は若々しく、キラキラと輝いて見える。椅子から腰を上げた順平が近づいてくると、可菜子は再び咎めた。

「座って！　大きな声、出すわよ」

「いいです、かまいません。やめてと言われてやめられるほど、いい加減な気持ちじゃないんです」

「あぁ……」

先日の一件を思い返し、身体の芯が熱くなる。

最初は頑なな態度を貫いていたのに、肌を撫でられただけで気持ちが上ずり、キスされたときは身が蕩けた。

瞬時にして官能の世界に導かれ、愛の泉をしとどに溢れさせてしまったのである。もしかすると、自宅に招き入れたのも、心のどこかで何かを期待していたのかもしれない。

この一週間、順平の面影を何度思い浮かべたことか。そのたびに胸が甘くときめき、高揚感が毎日の生活に張りを持たせた。

順平と再会してから、亡夫のことを考える機会はずいぶんと減った気がする。

（だからといって……だめ、絶対にだめよ）

頭ではわかっていても、椅子から立ちあがれず、拒絶の言葉も出てこない。

「可菜子さん」

「あ……」

青年は眼前に佇むや、潤んだ目で見下ろしてくる。彼が身を屈めた刹那、とっさに顔を背けたものの、肩に手を添えられ、強引に唇を奪われた。

「う、ンっ」

ソフトなキスから舌先で口をこじ開けられ、熱い息が吹きこまれる。

ふたつの舌がひとつに溶け合う頃、頭の中が華やかなバラ色に染められ、子宮の奥が疼くと同時に腰がくねった。

（ああ、もう止められないわ）

自ら唇を突きだし、瑞々《みずみず》しいリップを貪り味わう。それどころか顔を小刻みに振り、鼻から甘い吐息をこぼしては舌と唾液を啜りあげた。

「ふっ、ンっ、ふわぁ」

「む、むう」

強く吸引しすぎたのか、順平が苦しげな呻き声を洩らす。愛くるしい素振りに胸を躍らせた可菜子は、無意識のうちに股間の膨らみに手を伸ばした。

はしたないという気持ちは、不思議とない。指に触れた頂はすでに張りつめており、逞しい牡の昂りを訴える。

（あぁ、すごい。もう、こんなになって……）

搔き抱くように両手を這わせ、ズボンの上から男根の感触を堪能すれば、媚肉の狭間から愛蜜が滾々と溢れだした。

「む、むほっ」

今度は順平が腰をよじり、鼻息を荒らげる。青年の反応に心臓が高鳴り、性感があっという間に沸点を超える。

（やぁ……ほしい、ほしいわ）

尋常ではない性的な昂奮に、恐怖心すら覚えるほどだった。

五感が性欲一色に染まり、自身の感情をまったくコントロールできなかった。

こんな感覚は初めての経験で、夫にさえ見せたことはなかったのだ。

本能の命ずるままズボンのホックを外し、ジッパーを引き下ろす。

「は、はふぅ」

息苦しくなったのか、順平は唇をほどいて身を起こした。

「はあはあはあっ」

トマトのように赤く染まった頬、半開きの口から放たれる荒い吐息、目尻に涙を溜めた表情が言葉にならぬほどかわいかった。

直接触ったわけでもないのに、腰をくなくな揺らす仕草が性感をさらに高めさせた。ズボンを下着ごとずり下げれば、怒張がビンと弾けだし、透明な粘液が扇状に翻る。

（あ……すごいわ）

間近で目にすると、牡の昂りはひと際大きく見え、キングコブラのように頭をもたげていた。

「は、恥ずかしいです」

「だめよ、今さら……あなたが悪いんだから」

顔を上げてねめつければ、順平が口をへの字に曲げる。青年が見せる初々しい反応が、女心にさらなる火をつけるのだ。

夫との婚姻期間中、積極的に求めたことは一度もなかった。その自分が、痴女のごとく迫るとは信じられない。

相手が、ひとまわりも年下だからなのか。脳細胞が歓喜の渦に巻きこまれ、牝の本能が理屈抜きで男を欲する。

おそらく、今の自分は物欲しげな顔をしているのだろう。わかっていても、情欲は抑えられず、手が猛々しい剛槍に伸びる。

可菜子は肉胴に指を絡め、ペニスの量感と躍動感に息を呑んだ。

（あぁ、コチコチだわ。まるで、鉄の棒みたい）

屹立がしなるたびに、熱い脈動が指先にドクドクと伝わる。前触れの液が鈴口に滲み、生臭い匂いが鼻腔粘膜を満たす。

極限まで張りつめた亀頭冠は、自分の顔が映りそうなほど照り輝いていた。

どうして、こんなに胸が騒ぐのだろう。

そわそわと落ち着きがなくなり、何度も生唾を飲みこんでしまう。軽く上下にしごくと、ペニスが頭をヴンヴン振り、牡のムスクがことさら漂った。

「あぁ、やぁ」

懐かしい匂いが鼻神経から大脳皮質に伝わり、正常な思考回路をショートさせる。オーラルセックスには嫌悪感しかなかったのに、淫らな情動がモラルを徐々に駆逐していく。

いやらしい匂いがぷんと香りたつと、可菜子は知らずしらずのうちに顔を寄せ、裏筋から縫い目に向かって舌先を這わせた。

雁首をなぞり、はたまた唇を窄めて軽く啄《ついば》む。

「お、おふぅっ」

順平は内股《うちまた》ぎみの体勢から、目尻に涙を溜めて喘いだ。

今にも泣きそうな顔が胸をワクワクさせ、性感が急上昇の一途をたどる。

夫に対しては完全受け身を貫いていたのに、まさか自分の中にサディスティックな気質が潜んでいたとは……。

青年の悶絶《もんぜつ》する姿を目にすればするほど、もっといじめてやりたい心境に駆り立てられるのだ。

「あぁ、可菜子さん。も、もう……」

「もう、何？」

「はあはあ、はあぁっ」

言葉が出てこないのか、順平は肩で息をしながら喉仏を震わせる。

（かわいい、かわいいいわ）

子宮がキュンと疼き、おびただしい量の淫蜜が溢れだす。ショーツは瞬く間にぐしょ濡れになり、堪えきれない搔痒《そうよう》感が身を苛んだ。

拙《つたな》い口戯でも十分な快感を得ているのか、ふたつの肉玉がクンと持ちあがり、ペニスがいちだんと反り返る。

「どうしたの？」

意地悪く問いかければ、順平は喉をゴクンと鳴らしてから答えた。

「しゃ、しゃぶって……ほしいです」

「ふうん、しゃぶってほしいんだ」

意識的に笑みを浮かべ、勃起に目を向ければ、尿道口から先走りの液がゆるゆると滴った。

指の隙間にすべりこんだ粘液が、くちゅんと卑猥な音を奏でる。牡の発情臭にいざなわれた可菜子は口を開け、男根をゆっくり呑みこんでいった。

「ンっ、ふぅンっ」

「あ、う、くっ」

極太の肉棒を口腔に招き入れるや、小泡混じりの涎がダラダラ滴り落ちる。

(大きすぎて、口に入らないわ)

顎が外れそうな圧迫感に怯みつつも、可菜子は怒張を目いっぱい頬張った。

肉棒は激しい脈を打ち、粘膜を通して熱い血潮を訴える。頬を窄め、鼻の下を伸ばすも、巨根は中途までしか咥えこめない。

窒息感に顔をしかめたのも束の間、体温が急上昇し、女芯がこれ以上ないというほどひりついた。

牝の情欲が猛火と化し、全身に飛び火する。可菜子は首を前後に打ち振り、口の中でのたうつ男根を心ゆくまで舐めしゃぶった。

じゅぷっ、じゅぱっ、ぶちゅっ、じゅぴっ、ヴバパパッ！

派手な吸茎音が自然と鳴り響き、汗の匂いとしょっぱい味覚が口腔を満たす。

脳幹が痺れ、もはやまともな思考など働かない。性衝動の赴くまま、一心不乱に肉棒をしごきたおし、舌をうねりくねらせた。

「あ、あ、可菜子さん、そんなに激しくしたら……」

順平が嗄《しゃが》れた声で呟き、内腿をピクピク痙攣させる。

このまま射精させてもいい。頭の隅で思ったものの、女の淫情は頂点を飛び越え、我慢の限界に達しているのだ。

（あぁ……もうだめっ、おかしくなっちゃう）

燃えさかる情欲を抑えきれず、朦朧とした意識の中で無意識のうちにペニスを吐きだす。

可菜子は立ちあがりざまカーディガンを脱ぎ捨て、スカートの中に手を潜りこませるや、慌ただしくショーツを引き下ろした。

「あ、あっ」

愕然とする順平の顔はもう視界に入らず、ショーツを左足だけ抜き取る。

「座って」

「……え？」

「早くっ！」

彼の手首を摑んで引っ張り、体位を入れ替えて無理やり椅子に座らせる。

ショーツを右太腿にとどめたまま、可菜子は切羽詰まった表情から順平の腰を跨いだ。

3

(あ、あ……ついに可菜子さんと結ばれる?)

スカートをたくしあげた美熟女はペニスを起こし、ヒップをゆっくり沈めていった。

生温かい粘膜が亀頭をしっぽり包みこみ、快感の微電流が脊髄《せきずい》を駆け抜ける。

「くうっ」

幸いにも昨夜は三回も放出しているので、暴発する心配はなさそうだ。溜まっていたら、フェラチオの時点で我慢できなかったかもしれない。

狂おしげに顔を上げれば、ねっとり紅潮した目元、濡れて艶めく唇に胸が締めつけられた。

「あ、あぁ」

今度は可菜子が呻き声をあげ、期待に満ちた目で下腹部を見下ろすも、スカートの裾に遮られ、残念ながら肝心要の箇所は見られなかった。

（美貴さんや課長と比べると、すごい圧迫感だ）

やはり出産経験がないせいなのか、熟女の膣口は狭く、雁首がなかなか通り抜けない。

可菜子は眉間に縦皺を刻んでいたが、愛液のぬめりが潤滑油の役目を果たし、やがてパンパンの宝冠部がとば口をくぐり抜けた。

「ひぃぃンっ」

熟女が奇妙な声をあげた刹那、肉棒は奥に向かって埋めこまれていく。

「く、おぉっ」

淫蜜で溢れかえった媚粘膜が剛直を包みこみ、順平はあまりの快感に奥歯をギリギリ嚙みしめた。

締めつけ具合は、やはり美貴や理沙とは比較にならない。

ペニスが根元まで埋没しても、可菜子は顔をしかめたまま、上下の唇を口の中ではんだ。

（す、すごい……あそこの中がキュンキュンしてる）

もしかすると、夫を亡くしてから異性との接触は一度もなかったのかもしれない。

（可菜子さんは見るからに真面目そうだし、きっとそうだ。久しぶりのエッチなんだ）

亡夫の次に自分を選んでくれたことが、素直にうれしかった。

性のパワーがフルチャージされ、牡の肉がムズムズしてくる。腰を微かに揺すと、可菜子は目をうっすら開け、途切れ途切れの言葉を放った。

「ま、まだ……動かないで……すごいきついの」

「は、はい。あの……スカート捲って、入ってるとこ見ていいですか？」

「だめに決まってるでしょ！」

「……ですよね」

肩を落とし、焦《じ》れったさに気ばかりが焦る。困惑げに顔を歪めたとたん、今度は緩やかに波打つ胸の膨らみが目を射抜いた。

（そういえば、おっぱい……まだちゃんと見てないんだよな。間近にすると、かなり大きいぞ）

舌舐めずりした順平は手を伸ばし、ブラウスのボタンを外していった。

「……あ」

可菜子は小さな声をあげたものの、拒絶の姿勢は見せない。合わせ目から覗く、くっきりした胸の谷間に牡の血がなおさらざわついた。

「脱がせますよ」

「……あぁ」

熟女が切なげな声を洩らすなか、ブラウスを脱がせ、純白のブラジャーを露にさせる。手を後ろに回してホックを外せば、カップがずれ、お椀《わん》型の乳丘がふるんと弾み揺らいだ。

歪みのいっさいない美しい球体、桜色の可憐《かれん》な乳頭に思わず感嘆の溜め息をこぼす。

「お、おおっ」

「あ……やっ、見ないで」

順平は胸を隠そうとする手を押さえ、らんらんとした目で凝視した。

「き、きれいです」

「やっ、やっ」

恥ずかしげに身をよじる仕草がたまらない。すかさず手のひらで乳丘を引き絞れば、可菜子はやけに艶っぽい吐息を放った。

「ンっ、はぁぁっ」

「すごい……柔らかいです。マシュマロみたい」

「だ、だめっ……く、ふっ」

乳首を人差し指でピンピン弾くと、美熟女は仰け反りざま眉尻を下げた。

「どんどん大きくなってきますよ」

「はあぁぁっ」

ボリューム溢れる乳房を両手で練りつつ、顔をそっと近づける。しこり勃った肉粒を舌で転がし、チュッチュッと吸いたてれば、ヒップがくねりだし、ペニスの表面に甘美なさざ波が走った。

ようやく媚肉がこなれだしたのか、窮屈感が徐々に消え失せ、膣内粘膜が肉胴に絡みつきはじめる。

「あ、ンっ」

腰を軽く突きあげると、ふくよかな身体がバウンドし、甘ったるい声が鼓膜を揺らした。

「う、動いちゃ……だめ」

どうやら主導権を握ったらしく、理想どおりの展開にほくそ笑む。

乳首から口を離して美貌を見つめれば、額と頬がしっとり汗ばみ、つぶらな瞳が涙で濡れていた。

あだっぽい表情が性感覚を撫であげ、牡肉の芯がジンジンとひりつく。

意識せずとも腰の律動がピッチを上げ、スライドのたびに乳房がワンテンポ遅れて上下する。

「やっ、はっ、ンっ、はあぁっ」

「あぁ、可菜子さん、気持ちいいです」

「だ、だめぇっ」

美熟女は眉をたわめ、弱々しい声で拒絶の言葉を放った。

結合部から濁音混じりの肉擦れ音が洩れ聞こえ、おびただしい量の淫蜜が湧出しているのは明らかだ。

(す、すっげえ。タマキンのほうまで垂れ滴ってる。でも課長のときと違って、すべりがよすぎるってことはないぞ)

抵抗感やひりつきがなくなり、適度な摩擦力に変化した気がする。ペニスと膣肉が同化したような感覚に血湧き肉躍り、腰の律動がさらに加速した。

「あっ、あっ、あっ、はぁあぁぁっ」

可菜子は上体を前後に揺らし、吐息混じりの喘ぎを絶え間なくこぼす。

顔はもちろん、全身の肌がピンクに染まり、首筋からぬっくりしたフェロモンがふわんと漂った。

「このエッチな音、聞こえますか？」

認めたくないのか、熟女は口を噤んで首を左右に振る。

「聞こえるでしょ？　ほら、くちゅんくちゅんて」

彼女はなおも答えず、順平はヒップを引き寄せるや、密着度を高めてから腰を跳ね躍らせた。

「ンっ、ンっ、ン、やぁあっ！」

大きく開けた口、空気を切り裂く嬌声と、清廉な熟女の悶絶姿が昂奮度をさらに増幅させる。

マシンガンピストンから膣肉を執拗にこすりあげれば、少しでも気を逸らしたいのか、可菜子は身を屈めて唇に貪りつく。それでも快楽に抗えず、またもや身を反らして白い喉を晒した。

「ひッ、あッ、はあッあッ、い、やはぁあぁぁッ！」

順平のほうは余裕が生じ、射精願望はボーダーラインを行ったり来たりしている状態だ。

（やっぱり、昨夜の三連発が効いてるみたいだ。ようし、このままなんとしてもイカせてやるぞ！）

決意を秘めた直後、ヒップがぐるんと回転し、男根がとろとろの媚肉に引き転がされた。

「……あ」

驚きに目を剝いたとたん、可菜子が首に手を回し、大きなストロークで自ら腰を振りはじめる。身を派手に揺すり、さらには恥骨をリズミカルにしゃくった。

「ぬ、おっ！」

淫蜜にまみれた肉びらが男根を捕食し、ヒップが太腿をばちゅんばちゅんと打ち鳴らす。硬直の肉胴が膣壁に揉みくちゃにされ、互いの息づかいと鼓動がシンクロする。

「あッ、いいッ、すご……いいぃぃぃッ！」

可菜子は髪を振り乱し、裏返った声を高らかに轟かせる。主導権を取り返され、肉悦の虜《とりこ》と化した熟女の姿にはただ目を見張るばかりだ。

（ふだんは清楚《せいそ》な人が、こんなに激しいエッチをするなんて……）

ショックを受けるどころか、性感が大いに刺激され、射精欲求が緩みない上昇曲線を描いた。

睾丸の中の樹液がうねりはじめる頃、順平も負けじと腰を突きあげる。

歯を剝きだし、駄々をこねる膣襞を掻き分け、恥骨を砕く勢いで肉の楔《くさび》を打ちこんだ。

「ひっ、はぁあぁっ」

熟女がおののきの声をあげるなか、ペニスの先端でいちばん奥のコリッとした壁をノックし、怒濤の連打で膣襞をほじくり返していった。

「あ、あ、あ……」

可菜子は腰の動きを止め、信じられないといった表情で結合部に目を向ける。

膣への出し入れが延々と繰り返され、愛蜜にまみれたペニスが白蠟《はくろう》のような様相を呈した。肉の爆《は》ぜる音と粘膜のこすれ合う音が共鳴し、肌から放たれる熱気と淫臭が周囲に立ちこめた。

愛欲の虜と化した容貌がひどく美しく、そして愛おしく思えた。

「か、可菜子さん……好きです……ぼくと結婚してください」

胸をときめかせた順平が素直な気持ちをぶつけると、美熟女は顔をくしゃりとたわめ、おさな子のように抱きついては恥骨をわななかせる。

同時に、熱い媚肉が精液を搾り取るようにうねりくねった。

「おふっ！」

性感が研ぎ澄まされ、ありったけのザーメンが射出口に集中する。

（や、やべっ、出ちゃいそう！）

慌ててピストンを緩めたものの、可菜子は逆に腰を激しくバウンドさせ、こなれた粘膜で男根をまんべんなく引き転がした。

「はっ、はっ、はっ、やっ、やぁン」

「だ、だめ、だめです！　で、出ちゃいます!!」

声をひっくり返して訴えたが、彼女の耳には届かないのか、腰の動きは依然として止まらない。

「はぁっあああっ、いい、気持ちいい！　ひあっ、あおっ、おぉお、イクっ、イキそう」

「か、可菜子さん、ちょっと……あっ!?」

丸々としたヒップがグラインドした瞬間、自制の糸がプツリと切れ、淫欲のエネルギーが自分の意思とは無関係に輸精管をひた走った。

「ああっ、やぁぁン、イクっ、イックぅぅぅっ」

絶頂を告げる控えめな声とは対照的に、ヒップがビクンビクンと震え、収縮した膣肉が剛直をこれでもかと揉み転がす。

「あっ⁉　あぁぁぁっ」

肉の契りを交わしたまま、順平は思いの丈を心ゆくまで放出した。

可菜子は天を仰いで身を強ばらせたあと、うっとりした表情でもたれかかる。

胸が合わさり、熱い鼓動を伝えるとともに大量の汗が肌を伝った。

心地いい射精感に浸ったのも束の間、顔がみるみる苦渋に満ちていく。

（あぁ……やっちまった。中に出しちまったぞ）

膣内射精という現実に顔を曇らせたが、憧れの人と結ばれた喜びは隠せない。

力いっぱい抱きしめれば、彼女も首に回した手に力を込め、もちもちした身体をこれ以上ないというほど密着させた。

荒い息が止まらず、全身が火の玉と化したようだ。

胸の起伏が緩やかになりはじめた頃、可菜子は身を起こし、口元にキスの雨を降らした。

「あ、ん、むむっ」

交際してくれるのか、答えはまだ聞いていなかったが、愛情表現たっぷりの振る舞いに心が弾む。それでも媚肉はいまだに収縮を繰り返し、不安の影は決して拭えなかった。

「あ、あの……中に出しちゃいましたけど……大丈夫ですか？」

「うん……大丈夫よ」

おそらく、今日は安全日なのだろう。安堵の胸を撫で下ろしたところで、可菜子は困惑げにあたりを見回した。

「やぁン。ティッシュ、キッチンカウンターの上だわ」

「繋《つな》がったまま、風呂まで行きましょうか……あでで っ！」

軽口を叩けば、口元をつねられ、順平はうれしい痛みに背筋をゾクゾクさせた。

「おぉ、いてっ……ぼくが取りにいきますよ」

「……悪いわ」

「いいですよ。腰を上げてくれます？」

熟女が恐るおそる立ちあがり、膣からペニスが抜け落ちる。順平はすかさずカウンターまで走り寄り、えびす顔のままティッシュ箱を手に取って返した。

4

順平と可菜子が愛情を確かめ合っていた頃、野々宮美貴は一人ショッピングにいそしんでいた。

この日はなぜか気分が優れず、お気に入りのブランドショップに足を運んでも購買意欲が湧かない。

(はあっ……つまらないわ)

結婚十四年目を迎え、鬱屈《うっくつ》した毎日の生活に溜め息が洩れてしまう。

夫は高給取りの医師であり、都内の一等地に居を構え、あくせくと働く必要もなく、二人の子供にも恵まれた。

他人は羨望《せんぼう》の眼差しを向けてくれるが、美貴の心の中には絶えず暗澹《あんたん》たる雲が広がっていた。

深く考えずに、二十三という若さで結婚してしまった後悔が押し寄せる。子供の頃から憧れていたセレブ生活ではあったが、現実はそう甘くはなかった。

お見合いパーティーに参加し、スペックのいちばんよかった男性を選んだため、もとより大恋愛の末に結婚したわけではない。ルックスは並以下、しかもひとまわり以上も年上なのだから、男性的な魅力を感じなかったのは当然である。

当時は、それでもいいと思った。真面目そうに見えたし、お金持ちの男なら、間違いなく幸せにしてくれると信じて疑わなかった。

義理の両親がことあるごとに介入してきたのが、最初のつまずきだったか。彼らは息子夫婦のために実家から歩いて五分の場所に豪邸を建ててくれ、毎日のように通いつめては嫁としての自覚を促した。

夫に文句は言ったものの、マザコンの彼は姑《しゅうとめ》の言いなりで、まったく頼りにならなかった。

子供が生まれると、なおさらひどくなり、今では孫二人にべったりの状態だ。

夫は四十路《よそじ》を過ぎてからぶくぶくと太りはじめ、出っ腹を目にするたびに吐き気を催した。

離婚は何度も頭に浮かんだが、果たして就職経験のない自分がまともに働けるのか。自問自答を繰り返すばかりで、シングルマザーとしてやっていける自信は少しも湧かなかった。

唯一の気晴らしは外でストレスを発散することなのだろうが、姑は自分が孫の面倒をみたいがために外出を勧めてくるのだ。

この状況で心の底から楽しめるわけもなく、ムスッとした表情でブランドショップをあとにし、当てもなく表通りをさまよい歩く。

（まだ……一時過ぎか。エステは、一昨日《おととい》行ったばかりだし。どうしよう）

人一倍プライドの高い熟女は自己中心的な性格が災いし、友人の数が異様に少なく、親友と呼べる友だちは可菜子と理沙の二人だけだった。

三人とも性格がまったく違うため、逆にウマが合ったのかもしれない。

本来なら大切にしなければならない存在なのに、去年の夏は鬱憤が溜まっていたことから学生時代の悪い癖が出てしまった。

二人には謝罪を繰り返し、なんとか許してもらったのである。

（でも……あの子のおチ×チン、すごく大きかったわ）

膣内をいっぱいに満たすペニスの昂り、逞しい腰づかい。初めての不貞はめくるめく愉悦を与えてくれ、思いだしただけでも胸が締めつけられた。

禁断の果実を味わったことから後戻りできず、火のついた情欲はいまだにブスブスと燻りつづけている。

出会い系サイトへの登録も考えたのだが、やはりプライドが許さず、美貴は悶々とした気持ちに苛まれた。

(何か……習い事でも始めようかしら)

この春に下の子が高学年に進級し、これから暇な時間はいくらでもできそうだ。

若い男性のいるサークルなら、知り合うチャンスも多いはず。淫らな妄想が頭に広がるも、一般的な習い事では女性のほうが圧倒的に多いだろう。

(どんなサークルがいいのかしら？　それに……若い男の子が、こんなおばさんを相手にしてくれるとは限らないわよね。あぁン、あの子の連絡先がわかってたら、こんなに悩まなくてもよかったのに)

翌日に目が覚めたとき、彼の姿はどこにもなかった。

海の家に行けば、また会えたのだろうが、可菜子と理沙への謝罪に終始したため、そんな余裕もないまま帰京したのだ。

素性のわからない男よりも友人のほうが大切なのは当然であり、後悔こそなかったが、あの日の快感は肉体の奥底に刻まれている。

雄々しい律動を思いだし、一人で慰めたことも一度や二度ではなかった。

（あの二人……もう怒ってないわよね）

美貴は東京に戻ったあと、女子会を何度か開き、彼女らの愚痴を聞いてあげたり、お詫《わ》びという名目で食事をご馳走《ちそう》した。

湖畔の別荘に招く際も、異性絡みの行動はいっさいしないと宣言し、二人からの了承を得たのだ。

（でも……本当に許してくれたのか、いまだに心配なのよね）

可菜子や理沙とは電話連絡はもちろん、子育てで忙しいときでも、年に二回は会って旧交を温めてきた。

それでも学生時代は抜け駆け行為を何度も咎められていただけに、一抹の不安は拭えない。

（二人に縁を切られたら、友だちは一人もいなくなっちゃうわ）

久しぶりに友人の顔を見たくなった美貴は、迷うことなくタクシー乗り場に向かった。

理沙とは二日前に電話で話をしており、親戚が訪ねてくると言っていた。

（可菜子なら、家にいるはずだわ）

バッグからスマホを取りだして電話したものの、留守番電話に繋がってしまい、連絡がつかない。

（彼女も、どこかに出かけてるのかしら。いつもは、すぐに出てくれるのに……まあ、いいわ。出かけてても、すぐに帰ってくるかもしれないし）

可菜子が住む住宅街の一角に、一軒家を改装した喫茶店がある。彼女とともに何度か訪れ、美貴にとってもお気に入りの店だ。

可菜子が留守だったとしても、時間を潰せればそれでいい。とにもかくにも、この日は街中の喧騒《けんそう》から逃れたいという気持ちが強かった。

通りを早足で歩くなか、空車のタクシーがタイミングよく赤信号で停まる。美貴はすぐさま乗りこみ、可菜子が住む町の名を運転手に告げた。

5

可菜子と結ばれた順平は、この世の春を満喫していた。

浴室に導かれ、二人揃っての入浴はもはや恋人同士としか思えない。

（俺だけが真っ裸というのは、いただけないけど……）

美熟女は恥ずかしいのか、身体にバスタオルを巻いて裸体を見せなかった。

股間を手で隠すなか、彼女は真向かいに立ち、シャワーの栓をひねる。

温かい湯が肩からかけられ、汗が洗い落とされていくと、順平はえも言われぬ幸福感にほっくりした。

先ほどとは打って変わり、熟女は清廉な顔つきで肩から背中にかけてを優しく撫でさする。

(可菜子さんって、やっぱり尽くすタイプなんだな。あぁ、幸せ。でも……)

果たして交際の意思はあるのか、返答はまだ聞いていない。

本音を知りたいと思う一方、くっきりした胸の谷間に目が奪われてしまう。

「……可菜子さん」

「ん、何?」

「バスタオル、取っちゃいましょうか?」

にやつきながら告げたとたん、可菜子は甘く睨みつける。

「だめに決まってるでしょ」

「ぼくだけ裸なんて、ずるいじゃないですか」

「私はいいの」

「どうしてですか？　ぼくたち、もう他人の関係じゃないですよね。互いの恥ずかしいとこ、とっくに見ちゃってるし」

「あなたが勝手に見たんでしょ。自分から見せたわけじゃないわ」

「取りましょうよ」

「しつこい人ね。そういうことは、夫婦になってからでいいの」

「……え？」

美熟女はまったく意識していなかったのか、恥じらいもせずに答える。

（今、夫婦って言ったよな？　これは……結婚を前提に真剣交際してくれると受け取ってもいいのかな）

小首を傾げたところで、可菜子は首筋に湯をかけながら口を開いた。

「顔、洗って」

「はい」

手のひらで湯を掬い、顔面にへばりついた汗を洗い流す。小さめのタオルを渡され、顔を拭き終わったところで怪訝な表情を浮かべた。

可菜子が半身の体勢から、ボディシャンプーを手のひらで泡立たせている。そして向きなおるや、泡まみれの手を股間に伸ばした。

「……あ、おっ」

白い手が股ぐらに忍びこみ、裏の花弁を指先でほぐされる。

「あっ、ちょっ……待ってください。そこはっ!?」

「ちゃんと清潔にしとかなきゃ」

「うひっ!」

こそばゆさと恥ずかしさで身をよじった直後、今度はしなやかな指が陰囊から裏茎を撫であげた。

「おふぅぅっ」

思わず唇を突きだし、呻き声をあげるも、可菜子は平然とした表情でペニスに付着した汚れをこそげ落とす。

続いて肉筒に指が絡みつき、軽く上下にしごかれただけで、ソープのなめらかな感触が言葉にならない快美を与えた。

「ん、む、むむっ」

とろんとした顔つきに変わるあいだも、細い指は繊細な動きを見せ、縫い目から雁首、敏感な鈴口を這いまわる。

放出したばかりにもかかわらず、海綿体に大量の血液が注ぎこみ、意識せずとも男の分身が体積を増していった。

「あ、おおっ、き、気持ちいい」

可菜子は泡まみれの男性器を注視したまま、さらに指のスライドを速める。くっちゅくっちゅっと淫らな擦過音が鳴り響くたびにペニスは膨張し、あっという間にフル勃起した。

「か、可菜子さぁん……だめ、だめですよ」

震える声で咎めても、美熟女は脇目も振らずに柔らかい指を胴体にすべらせる。頬がみるみる赤らみ、昂奮しているのか、唇を舌先で何度もなぞりあげた。目をとろんとさせ、瞬きもせずにペニスを見つめる表情が悩ましい。

「す、すごいわ……出したばかりなのに、もうこんなになって」

「はあはあ、そんなに激しくしたら、またほしくなっちゃいますよ……あ、くおおっ」

可菜子は手のひらを返し、逆手で肉棒をギューッと絞りたてる。スクリュー状の刺激が肉筒に吹きこまれ、射精願望が光の速さで頂点を突破した。

「あ、あ……出ちゃう、出ちゃいます！」

我慢の限界を訴えた刹那、ペニスから指が離れ、輸精管になだれこんだ精液が副睾丸に向かって逆流した。

「く、おぉぉぉっ」

イキたくてもイケないもどかしさに腰を折り、断末魔の苦しみを味わう。

涙目で仰ぎ見れば、可菜子は胸を緩やかに波打たせながらシャワーヘッドを手に取った。

「可菜子さん……ひどいですよ。寸止めなんて」

「だって、浴室でなんて、タイルが汚れちゃうわ」

熟女は伏し目がちに答え、ややぬるめの湯をペニスに降りかける。

泡が洗い落とされると、赤黒い剛槍が全貌を現し、胴体にはゴツゴツした静脈がびっしり浮きでていた。

「……あぁ」

可菜子は手の動きをピタリと止め、いななく男根に虚ろな眼差しを注ぐ。そして、半開きの口の狭間で舌を物欲しげにすべらせた。

（おぉ……色っぽすぎる）

性欲は完全に回復し、昂る情動を抑えられない。

「可菜子さぁん」

甘えた声で身を寄せれば、熟女はスッと離れ、シャワーの湯を顔に浴びせた。

「うぷっ」

「だめ、お風呂場なんて。私の部屋で……待ってて」

「……へ？」

「浴室を出て、斜め前の部屋だから」

可菜子が恥ずかしげに目を伏せると、またもや喜悦が込みあげる。

彼女は間違いなく、二回目の情交を言外に匂わせたのだ。

「は、はいっ！　わかりました」

そうとわかれば、慌てて迫ることもない。

順平は満面の笑顔でコクコクと頷き、タオルを手に身体を転回させた。

「じゃ、先にあがって待ってますから！」

脱兎《だっと》のごとく浴室を飛びだし、脱衣籠の中に置かれたバスタオルで身体の雫《しずく》を拭き取る。

（ようし！　今度は、いやというほどイカせてやるぞっ！）

喜び勇んだのも束の間、脱衣所をあとにしたところで来訪を告げるチャイムが鳴り響き、順平は立ち止まりざま身を強ばらせた。

（えっ!?）

最初は可菜子の母親かと思ったのだが、それならインターホンを押すわけがない。浴室に顔を振り、耳を澄ませば、タイルを打つ水の音がはっきり聞こえた。

(可菜子さん、シャワーを浴びてるのか……仕方ない。ここは無視だな)

とりあえず下着だけでも穿こうと、リビングに戻った瞬間、玄関扉を開ける音に続き、女性の声が聞こえてきた。

「ごめんくださぁい」

ドキリとし、目を丸くして立ち竦む。

(……嘘だろ)

そういえば、可菜子は玄関の内鍵を閉めていなかった。とはいえ、邸内に勝手に入ってくるとは、杉原家とかなり近しい間柄としか思えない。

「誰もいないんですかっ!」

親しい人物なら、家にあがってくることも考えられる。慌てた順平は、衣服を身に着けながら大きな声で答えるしかなかった。

「は、はい! ちょっとお待ちください!!」

「……あら」

玄関口から、いかにも意外といった声が返ってくる。杉原家は母親、可菜子と、女性の二人暮らしなので、訝《いぶか》しむのは当然のことだ。

（こうなったら、出ていくしかないか）

想定外の事態に顔をしかめるも、返事をしてしまった以上、覚悟を決めるしかない。パンツ、シャツに続いてズボンを穿いた順平は、渋い表情でリビングから出ていった。

「すみません。今、ぼくは留守番中で、家の人は……」

玄関口に佇む人物が目に入った瞬間、時間の流れがピタリと止まる。

「あ、あ……」

「あああぁぁっ！」

女性はこちらを指差し、これ以上ないというほど目を開く。

「み、美貴さん？」

「……順平くんよね。な、なんで、あなたがここにいるの？」

「そ、それは……」

可菜子や理沙から、美貴の近況は一度も聞かされていなかった。

出会ったその日に関係を結んでしまったことから、二人が自分と再会した事実を内緒にしていたのはそれとなくわかっていたのだ。

（や、やばいな。どうしよう）

可菜子が入浴中だと知れば、非常に面倒な事態になりそうな気がする。

ここは、なんとしてでもごまかさなければ……。

順平は大股で玄関口に向かい、三和土《たたき》に下りて美貴の手首を握りしめた。

「ちょ、ちょっと外に」

「どういうこと？　可菜子はどうしたの？」

「買い物に行ってるんです。お母さんは芝居を観にいって、ぼくは頼まれてビデオレコーダーの配線をしてたんです」

とっさに浮かんだ言い訳を繕い、玄関扉を開けて美貴を室外に連れだす。

「で、あなたが、なんでこのうちにいるの？」

「こっちに来てください」

「あ、ちょっと」

順平はセレブな熟女を離れまで導き、やや青ざめた表情で引き戸を開けた。

「ぼく、今、ここを間借りしてるんです」

「え、ええっ!?」

「事情はちゃんと話しますから、とりあえず中に入ってください」

「あぁンっ。押さないでよ」

美貴を室内に無理やり押しこみ、引き戸を閉め、ひとまずホッとする。

「あがってください」

美貴はハイヒールを脱ぎ、言われるがまま室内にあがるや、ブランド物のバッグを床に落として向きなおった。

「さあ、ちゃんと説明してちょうだい」

「……はい」

順平はこれまでの事情を、かいつまんで話した。

偶然にも、就職先が理沙の働いている会社だったこと。出勤初日に排水管の破損から部屋が水浸しになり、自宅アパートに住めなくなったこと。その日のうちに理沙が可菜子に連絡し、とんとん拍子で離れに住むことになった経緯を説明した。

「理沙のいる会社に就職？　し、信じられないわ。そんな話」

「本当なんです。課長……いや、理沙さんと再会したときも、今の美貴さんと同じ顔をしてました」

「そう……そうだったの」

「離れに住むのは短いあいだだけで、ゴールデンウイーク明けには、となりのアパートに移る予定です」

「そんな話、全然聞かされてなかったわ。でも……あんなことがあったんだから当然かもしれないわね」

そう言いながら、美貴は寂しげな表情に変わる。

夏の日の出来事が脳裏に甦り、胸が妖しくざわついた。

可菜子と理沙のいる室内で、目の前の女性と激しいセックスに没頭してしまったのだ。

股間の逸物がピクリと反応するや、順平は淫らな過去を頭から追い払った。

（可菜子さんに愛の告白をしてエッチしちゃった以上、毅然とした態度でいないと。それでなくても……）

昨日、理沙とも男女の関係を結んでいるだけに、風雲急を告げる展開に不安ばかりが押し寄せる。

（このあと、どうしたらいいんだ？）

美貴に帰ってもらうか。それとも時間を置いて、再度訪問してもらうか。

可菜子の部屋で待つ約束だったのに、自分の姿がなければ不審に思うはずで、今頃はシャワーを浴び終わっているかもしれない。焦りを感じた直後、貴婦人が口元に微笑をたたえ、背筋に悪寒が走った。

「でも……もしかすると、運命だったのかもね」

「……え？」

「もう一度、会いたいと思ってたのよ。あなた、連絡先も言わずに帰っちゃうんだもの」

美貴は、順平の本心を知らない。あの夏の日、トイレの前で可菜子に告白した事実もビンタされたことも……。

「あ、あの……」

間合いを詰められ、引き攣った顔で後ずさりする。

「すごく気持ちよかったの。あなたも同じでしょ？」

「そ、それは……」

「私たちって、身体の相性はすごく合うと思うの」

「まっ、待ってください。今は……あ」

柔らかい手のひらが股間の膨らみを這い、順平は目を剝いた。

「やだ、もう大きくなってるじゃない」

決して、昂奮しているわけではない。半勃起の状態は、浴室内で可菜子から受けた刺激のなごりなのだ。

「だ、だめです」

顔を真っ赤にして拒絶すると、美貴は目をきらめかせた。

「かわいいいっ！」

「わあっ」

貴婦人が飛びつき、不意を突かれてベッドに倒れこむ。

「海の家であなたを見たとき、シャイでかわいい子だなと思ったのよ。だから、声かけたんだから。私のタイプなの！」

「い、いけません！」

「遠慮することないじゃない。エッチした仲なんだから」

「う……ひっ」

男の中心部をさわさわと撫でさすられ、ペニスに硬い芯が注入しはじめた。緊急事態の最中ですら性欲のスイッチが入ってしまうのだから、我ながら情けない。

ズボンのホックが外され、ジッパーが引き下ろされると、三角の頂を描いたボクサーブリーフが剝きだしになる。

「だめですよ。やめてください」

これ以上の行為はさすがに受けいれられず、泡を食った順平は頭を起こして拒絶した。

次の瞬間、引き戸が音もなく開き、涼やかな声が響き渡る。

「どうしたの？　いきなりいなくなって……」

可菜子が姿を見せたとたん、再び時間の流れが止まり、衝撃的な状況に心臓が凍りついた。

「あ、あ……」

美貴とベッドの上で戯れ、さらにはズボンの合わせ目から膨張した股間を突きだしているのだ。もしかすると、密かに連絡を取り合っていたと考えたのかもしれない。

可菜子は愕然としたあと、目尻をみるみる吊りあげた。

それでも口を引き結び、すぐさま視線を逸らす。そして無言のまま、何事もなかったかのように引き戸を閉めた。

「やだ……タイミング悪いわね」

美貴のあっけらかんとした声が耳に入らず、顔から血の気が失せていく。

(ち、違うんです……可菜子さん)

なんとしてでも、釈明しなければならない。

「きゃっ」

貴婦人をはねのけ、慌ててあとを追いかけようとしたものの、気が焦っていたのか、順平はベッドから派手に転げ落ちた。

畳に頭を打ち、天井がぐるぐる回る。

「あ、つうっ」

「ちょっと……何やってんの。大丈夫?」

ズキズキと痛む頭を押さえながら、順平は泣きたい心境に駆られた。

第五章　熟女たちとの愉悦のハーレム

1

翌日の日曜日、理沙から呼びだされた可菜子は指定された喫茶店に向かった。

タクシーで向かうあいだも順平の顔がちらつき、ムカムカが収まらない。

（気にする必要ないわ。最初から、あの子とつき合うつもりなんてなかったんだから）

気持ちを切り替えようにも、美貴と抱き合っていた光景が頭から離れず、順平の来訪を受けたくないがために、今日は午前中から外出していたのだ。

大型商業ビルの前でタクシーを降り、二階にある店に向かう。シックな木造の扉を開けると、いちばん奥の席に座る二人の女性が視界に入った。

（やっぱり……美貴もいっしょだわ。きっと、理沙に泣きついたのね。いつもはわがままな振る舞いばかりしてるのに、変に気が小さいとこがあるんだから）

学生時代からなぜか憎めず、なんとも得な性格だったが、さすがに今度ばかりは腹立ちが収まらない。

いや……仮に去年の夏から順平との関係が続いていたのなら、それでもいいではないか。

意を決した可菜子は平静さを装い、二人のいるテーブルに歩を進めた。

「悪いわね。急に呼びだしちゃって」

「ううん。ちょうど出先だったから、気にしないで」

理沙はやや困惑した表情、美貴のほうは俯いたまま、顔を上げようとしなかった。

「何を頼む?」

「ブレンドでいいわ」

理沙が注文し、可菜子は美貴のとなりの椅子に腰かける。

「ふう、今日は朝から暖かいわね」

挨拶代わりの言葉をかけると、わがままな親友は身体ごとこちらに向きなおり、頭を深々と下げた。

「可菜子、ごめん! あなたの家まで遊びにいったんだけど、出てきたのが順平くんだったから、びっくりしちゃって。内緒で、あの子とつき合ってたわけじゃないのよ」

「わかってるわ。あなたからの伝言、留守番電話に入ってたもの。こちらこそ、気づかなくてごめんなさい」

「ホントに……怒ってないの？」

「あら、なんで私が怒るの？　ただびっくりしただけよ。詳しい事情はもう理沙から聞いたかと思うけど、あの子、ゴールデンウイーク明けにとなりのアパートに引っ越すの。そのことで、家に呼んで話をしてたのよ」

「怒ってないんだったら、いいけど……」

「びっくりしたのは、こっちよ。なんで、あなたが離れにいるのか、訳がわからなくて混乱したわ。しかも、ベッドで抱き合ってるんだもの」

「あ、あれは……」

美貴はシュンとしたあと、一転して理沙に八つ当たりしはじめた。

「理沙が悪いのよ！　あの子があんたの会社に入ったって、前もって教えてくれてたら、こんなことにはならなかったんだわ」

「当たり前でしょ。去年の夏のことを考えたら、話せるわけないじゃない。何をするか、火を見るより明らかだもの」

「それは……そうだけど」

「あの子は直属の部下でもあるんだから、私には監督責任があるの」

肩を落とす美貴に、理沙はさらに厳しい言葉をぶつける。

「だいたい、あんたは昔から周囲への配慮に欠けるのよ。いつも個人行動ばかりして」

「……ごめんなさい。反省してるわ」

いつもは飄々《ひょうひょう》としている美貴だが、去年の夏の一件もあり、この日ばかりはさすがに殊勝な態度だ。

「……可菜子」

「え？」

「許してくれるよね？　まさか、友だちやめるなんて言いださないわよね？」

「なんで、こんなくだらないことで……ありえないわ。彼が誰とつき合おうと、私には関係ないもの。隣近所に迷惑をかける行為をしていたというなら、話は別だけど」

精いっぱい強がり、運ばれてきたブレンドをひと口啜る。

だが本音を言えば、順平と美貴が交際していなかった事実を知り、ホッとした気持ちは隠せなかった。

「ゴールデンウイークの旅行……行くよね？」

「もちろんよ。断る理由がないわ」

「ホントに？　ああ、よかった！」

美貴はようやく白い歯を見せ、オーバーアクションで喜びを露にする。

変わり身の早さは相変わらずだったが、逆に理沙はやけに神妙な面持ちで椅子にもたれかかった。

「どうしたの？　急に塞ぎこんで……あたし、また何か変なこと言った？」

美貴の問いかけに、聡明《そうめい》な友人は深い溜め息をついてから口を開く。

「まあ……私も人のことは言えないけど」

「……え？　どういうこと？」

怪訝な表情で尋ねると、理沙は間を置き、消え入りそうな声で答えた。

「実は……私も……あの子としちゃったの」

「え、ええっ!?　い、いつ？」

美貴が素《す》っ頓狂《とんきょう》な声をあげるなか、カナヅチで頭を殴られたようなショックに茫然自失する。

理沙は目を伏せたまま、申し訳なさそうに釈明した。

「……一昨日。あなたたちには、人事部長から関係を迫られて困ってるって話したでしょ？」

「う、うん」

「あいつが倉庫まで追いかけてきて、危険な状況になったとき、あの子に助けてもらったの。お礼と口止めのつもりで飲みに誘ったんだけど、かなり酔っちゃって、なんとなく……そういう雰囲気に……」

「……呆れた。何よ、人のこと非難しといて」

美貴は目を丸くするも、可菜子は思考がまったく働かず、惚《ほう》けた表情で押し黙っていた。

「一回だけよ。お互いに忘れようって、約束したんだから」

「言い訳にならないでしょ。部下に手を出すなんて」

「亭主が悪いのよ。浮気なんかするから！　それでストレスが溜まってたの‼」

「ちょっと……大きな声、出さないで」

美貴があたりを見回して咎めると、我に返った理沙は肩を窄めた。

沈黙の時間が流れ、気まずさにいたたまれなくなる。

順平との思いがけぬ再会により、学生時代から続いていた友人関係に大きなヒビが入ってしまった。

女の友情とは、かくも脆《もろ》いものなのか。

（ううん、そんなことないわ。絶対にない！）

自問自答した直後、理沙は泣きそうな顔で呟いた。

「可菜子……ごめん。隠しておくことも考えたんだけど、やっぱり言っておいたほうがいいかと思って」

「う、ううん、気にしないで。さっきも言ったけど、私には関係ないことよ」

動悸《どうき》が収まらず、返す言葉が上ずってしまう。

可菜子は胸に手を添え、無理にでも気持ちを落ち着かせた。

「もう忘れましょうよ。あんな男のために、私たちの関係がおかしくなるなんて不条理じゃない？」

結局、順平は三人全員と肉体関係を結んだことになる。しかも愛の告白をしてきた前日に理沙とよろしくやっていたのだから、結婚前提に交際してほしいなどと、どの面下げて言えたのか。

あまりの不誠実さに、意識せずとも怒りの感情がヒートアップした。

「見るからに、いい加減で優柔不断そうだったじゃない。本当のこと言うと、最初に会ったときからいけすかなかったの！」

怒気を含んだ口調に、理沙と美貴が呆気に取られる。滅多なことでは感情を露にしてこなかっただけに、よほど意外だったらしい。

「ご、ごめん……そんなふうに思ってたなんて。いくら緊急事態だったとはいえ、紹介して悪かったわ。気に入らないなら、他のアパートを見つけさせるけど」

「え？　い、いいのよ。離れに住むのは、あとちょっとのあいだだけなんだし、アパートに移れば、住人と顔を合わせる機会なんてほとんどないんだから。気にしないで」

作り笑いを返し、コーヒーに口をつけて場を繋ぐ。

とにもかくにも、順平の本性を知ってしまった以上、真剣交際などもってのほかだった。彼は、女なら誰でもいいのだろう。

多くの女性がそうであるように、可菜子も浮気する男がいちばん嫌いなのだ。

（絶対に近づけないようにしないと。うちに来た場合は、母さんに対応させればいいんだわ）

はらわたが煮えくりかえる思いではあったが、幸いにも正式な返答をしていなかったのは唯一の救いだった。

これからは、ごく一般的な大家として接していかなければ……。

決心はしたものの、鉛を飲みこんだような気持ちは消え失せない。

可菜子は暗い表情のまま、心の中で深い溜め息をつくばかりだった。

2

ひと月足らずが過ぎたゴールデンウイークの初日、理沙は可菜子や美貴とともに一泊の旅行に出かけた。

目的地は、河口湖《かわぐちこ》のほとりにある美貴の別荘だ。

東京から車で三時間半、早朝に出発したため、さほどの渋滞にも巻きこまれず、本来なら楽しい休暇を過ごせるはずだった。

助手席からバックミラーで後部座席をうかがえば、可菜子の表情は優れない。

勤務中の順平も同様の状態で、注意や叱責は複数回に及んだ。

(まったく……美貴ったら、あとになってとんでもないこと思いだすんだから)

片やアパートへの引っ越しの件で呼びだし、片やビデオレコーダーの配線を頼まれて杉原家を訪れたと、双方の言い分が食い違っていたこと。順平の身体からボディソープの香りが漂い、風呂あがりの印象を抱いたこと。

美貴が不審に感じた点、喫茶店で感情を露にした可菜子の様子を思い返せば、二人のあいだに何かがあったと考えるのが妥当だった。

（確かに、可菜子の言うとおりだわ。あのバカ、本当に優柔不断なんだから）

だが、順平を責めることはできない。

自身の浅はかな行動から、彼と関係を持ってしまったのは事実なのだから。

「もうすぐ着くわよ」

美貴の言葉に顔を上げれば、フロントガラスの向こうには雲ひとつない青空が広がり、市街地を走り抜けた車は緩やかな坂道を登っていった。

高原の別荘は四年ぶり、三度目の訪問になる。前回は子供連れでファミリー感満載だったが、今回はどんな展開になるのか予測がつかないため、さすがに緊張の色は隠せなかった。

「可菜子。お腹、減ってない？」

「減ってないわ。さっき、サービスエリアで軽く食べたし」

肩越しに問いかけると、可菜子は儚げな笑みをたたえて答える。やはり元気がなく、いつもの彼女でないことは明らかだ。

「美貴は？」

「私も減ってないわ。じゃ、夜は早めに高級フレンチレストランで済まそうか。私がおごるから」

「そんな、いいわ。ここのところ、ずっとおごってもらってたんだから」

可菜子が身を乗りだして拒否すると、美貴は苦笑を洩らした。

「遠慮しないで。今回は、あなたのための旅行でもあるんだから……」

「え……どういうこと？」

物事を深く考えずに発言したり行動したりするのは、美貴の悪い癖だ。

腰のあたりを指でつつき、キッと睨みつける。

「あ、はは……忘れたの？　そもそも今回の旅行は、去年の罪滅ぼしから誘ったことじゃない」

「……忘れたわ。もう済んだ話だし。とにかく、今回は私が払うから！」

頬をぷくっと膨らませる表情を目にした限り、やはり順平へのわだかまりは消え失せないようだ。

「さ！　着いたわよ」

美貴が話を逸らし、ハンドルを切って国道から砂利道を突き進む。

高台に佇む赤い屋根の洋館は別荘地の中でもとりわけ目立ち、二階のベランダから麓《ふもと》の夜景が一望できる立地に建てられていた。

広い中庭、車三台は置ける駐車場、本館に隣接されたゲストハウスと、これほど素晴らしい別荘をいつでも使えるのだから、美貴の不満など贅沢な悩みだと思えてしまう。

セレブな夫人はヨーロピアン調の黒い門扉をリモコンで開け、車を玄関口までゆっくり走らせた。

「相変わらず……すごい別荘ね」

可菜子はあたりを見回し、感嘆の溜め息をこぼす。逆に理沙と美貴は、次第に落ち着きをなくしていった。

「私は駐車場に車を停めるから、あんたたちは先に入ってて」

別荘の鍵を手渡され、美貴に目線で合図を送る。そして、可菜子とともに荷物を下ろしてから玄関口に向かった。

「まずは、窓を開けて部屋の空気を入れ換えないと」

「う、うん」

可菜子の言葉に作り笑いを返し、玄関の鍵を開ける。

「どうしたの？　浮かない顔して」

「ちょっと、車に酔っちゃったのよ」

「そう……大丈夫？」

「ええ、平気よ」

扉を開ければ、豪奢《ごうしゃ》なシャンデリア、ふかふかの絨毯が目に入り、二人はさっそく靴を脱いで広い間口にあがった。

「まるで、ヨーロッパの映画に出てくるお屋敷みたい」

「あなたは二階の部屋をお願い。私は、リビングの窓を開けるから」

「わかったわ」

無邪気な親友は何の疑問も抱かず、緩やかなカーブを描いた階段を軽やかな足取りで昇っていく。

ようやく緊張感から解放された理沙は、ひとまず大きな息を吐きだした。

（はあっ……あとは、野となれ山となれといったところね。時間も、ちょうどいい頃合いだわ）

腕時計を確認してからリビングに向かい、閉ざされた窓と雨戸のシャッターを開けて新鮮な風を室内に送りこむ。

四月の下旬とはいえ、別荘地の気温は低く、暖房を入れないと肌寒い。

（東京じゃ、真夏並みに暑かったのに……）

理沙は空気の入れ換えを済ませたところで窓を閉め、エアコンのスイッチを入れてからキッチンカウンターを回りこんだ。

大型冷蔵庫のドアを開け、必要な食料品のチェックに取りかかる。

「ミネラルウォーターが三本、缶ビールが二本にワインが一本。あとは、調味料しか入ってないか」

洒落たデザインのケトルに水を注ぎ入れて火にかけると、可菜子が肩を窄めた恰好で戻ってきた。

「うう、寒いわ」

「やだ……オーバーねぇ」

「スマホで確認したら、十八度だって。もっと低く感じるわ」

「高台にあるからじゃない？」

「あれ……美貴は？」

「う、うん」

ドキリとしつつも平常心を保ち、目を合わせずに答える。

「電話があったわ。買い出しにいくって」

「え？　そんなの、レストランに行くときでいいじゃない」

「紅茶よ。切らしてたの、すっかり忘れてたんだって」

ケトルを指差して答えれば、可菜子は小さな溜め息をつく。

「最高級のダージリンだっけ。美貴も、相変わらずね」

「……そうね。悪いけど、お湯が沸くの、見ててくれる？　ちょっと、お手洗いに行ってくるわ」

「うん、わかった」

そそくさとリビングをあとにした瞬間、この寒気にもかかわらず、腋の下がじっとり汗ばんだ。

(早く帰ってこないかしら。一人じゃ、間がもてないわ)

美貴とは旅行前に打ち合わせをし、段取りは何度も確認していたが、脳天気な性格だけに不安は打ち消せない。

洗面所で時間を潰すなか、車の停まる音が聞こえ、さっそく玄関口に向かう。

扉が音もなく開き、美貴が顔を覗かせると、理沙は口を引き結んだままコクリと頷いた。

その足でリビングに戻り、可菜子に声をかける。

「お湯、沸いた？」

「ええ。美貴は帰ってきたの？」

「うん……帰ってきたわ」

戸棚の引き出しからダージリンの缶を取りだすと、彼女は怪訝な表情に変わった。

「何？　紅茶、あるじゃない」

「本当は、買い出しじゃないの」

「ど、どういうこと？　言ってる意味がわからないんだけど」

玄関口から足音が聞こえ、リビングの扉が開かれる。次の瞬間、可菜子は目をみるみる見開いた。

美貴に続いて、順平が俯き加減で入室してきたのだ。

「な、何なの？」

「美貴は、垣原を駅まで迎えにいってたの」

「ちゃんと……説明して」

「喫茶店で話をしたとき、あなたの様子が普通じゃないってことには気づいていたの。友だちだもの、それぐらいはわかるわ。でね、垣原もうわの空だったから、何があったのか聞いてみたわけ」

「は、話したの？」

可菜子は目を吊りあげ、順平をキッと睨みつける。理沙は彼女の前に立ちはだかり、穏やかな口調で説き伏せた。

「彼、あんたのことが大好きなんだって」

「し、知らないわ。私は、何とも思ってないし」

「話を聞くどころか、会いもしなかったみたいじゃない。何とも思ってないなら、ちゃんと話せるでしょ？」

「そ、それは……そんなことより、理沙も美貴もひどいわ。だまし討ちみたいなやり方して」

可菜子はかわいそうなほどうろたえていたが、昔からひどく頑固な一面がある。周囲がアシストしなければ、亡き夫に操を立て、再婚はもちろん、異性と交際する気持ちにすらなれなかっただろう。

「こっちに来て」

順平に声をかければ、美貴が彼の背中を押し、リビングの中央に促させる。

（この期に及んで俯いてるなんて……酒が入ると、気が大きくなるくせに、シラフのときはなんてだらしない男なんだろ）

まだ、学生気分が抜けないのか。直属の部下がこの調子では、安心して仕事も任せられない。

「可菜子。垣原のこと、好きじゃないの？」

「好きじゃないわ」

「嫌い？」

「嫌い、大嫌い！」

可菜子は柳眉を逆立て、はっきりした口調で答える。

（こっちはこっちで、ホントに意固地なんだから。やっぱり、この二人には荒療治が必要ね）

理沙は美貴に目配せし、いよいよ計画の実行に移った。

「そう……それじゃ、私たちが垣原とエッチなことしてもかまわないのね？」

「お好きにどうぞ！」

可菜子は一瞬たじろいだものの、憤然と言い放つ。逆に美貴は早くも昂奮しているのか、瞬く間に頬が赤らんだ。

（はあっ……やっぱり美貴も変わらないわ。変わり身が早いというか、ただの淫乱というか。予定どおりに、ちゃんとやってよ！）

心の中で奮起を促しつつ、理沙は順平のジャンパーを脱がし、なだらかな股間の中心に手を伸ばした。

3

（あ、あ……ど、どういうことだ？）

左サイドに立つ女上司が、ジーンズのジッパーを引き下げる。

想定外の蛮行に思考がストップし、順平は驚きの表情で身を強ばらせた。

ひと月ほど前の一件を境に、可菜子との接点はなくなってしまった。

謝罪しに母屋へ赴いたのだが、二度とも母親が対応し、彼女は顔を出すことすらなかったのである。

途方に暮れていただけに、理沙から声をかけられたときは、まさに藁《わら》にも縋《すが》る思いだった。

可菜子に対する想いを真摯に伝え、大船に乗ったつもりでいたのだが……。

（今回の旅行に誘われたときは、あいだを取り持ってくれると思ってたのに）

考えが甘かったのか、淡い期待が脆くも崩れる。

社会の窓が全開になると、今度は右サイドに立つ美貴が合わせ目から手を潜りこませた。

「あ、おっ、おっ」

怯えた顔でセレブ夫人を見れば、目は虚ろと化し、ピンクのルージュが艶々した輝きを放つ。エロい容貌、首筋から匂い立つ甘いフェロモンが男心をくすぐり、股間の逸物がいやが上にも反応した。

（いかん……ちゃんと拒否しないと）

彼女らの意図はいまだに理解できなかったが、キッチンの向こうには憧れの人が佇んでいるのである。

このまま無様な姿を晒せば、可菜子の心は二度と取り戻せないだろう。

毅然とした態度で拒絶し、愛する人への想いを大きな声で伝えるのだ。

意を決した瞬間、美貴はズボンの合わせ目からペニスを引っ張りだし、亀頭から胴体をくりくりと揉みしごいた。

「あ、ぐっ！」

脳の芯が震えるほどの快美が突き抜け、考えていた言葉が頭から吹き飛ぶ。

パブロフの犬とばかりに、陰茎は最大限まで膨張し、宝冠部が真っ赤に張りつめた。

（や、やばい……やばいぃっ）

可菜子に会えない悲しみから、このひと月はオナニーする気が起きなかった。牡の欲望が覚醒し、溜まりに溜まった白濁液が深奥部でうねりはじめる。

上目遣いに様子をうかがえば、可菜子は呆然とした顔でこちらを見つめていた。

自分と同じく、彼女も突然の蛮行に度肝を抜かれたのだろう。金縛りにあったように、ピクリとも動かなかった。

あまりの恥ずかしさに顔を背け、奥歯を嚙みしめる。

（あ、あ、や、やめて……）

内圧が上昇し、抗いの言葉が喉の奥から出てこない。次の瞬間、右の耳たぶを甘嚙みされ、熱い吐息が鼓膜を揺らした。

「あぁン……順平くん。おチ×チン、すごく熱いわ。この日を待ってたの。たっぷりおしゃぶりしてあげるから」

「お、おおっ」

美貴が卑猥な言葉を放ち、怒張がひと際いななく。さらには理沙の指が鈴口を這いまわり、滲みだした前触れの液が透明な糸を引いた。

「やだ、こんな状況で勃起させるなんて。根っからの変態なのね」

「ち、違います」

「何が、違うの？　変態じゃない。好きな人の前で何をされてるのか、わかってるんでしょ？」

「はあはあ、はあぁぁぁっ」

確かに女上司の言うとおり、異様なシチュエーションが昂奮を喚起させ、全身の細胞は性欲一色に染まっているのだ。

理性を引き戻そうにも、身体に力が入らず、足がガクガク震えてしまう。

「すごい……青筋が、こんなに膨れて。すぐに出ちゃうんじゃない？」

「ぬ、おおっ」

美貴は手をシェイクさせ、きりもみ状の刺激を吹きこみ、甘美な電流が脊髄を駆けのぼった。

「可菜子、どこ行くの？」

理沙の声に顔を上げれば、ぼんやりした視界の隅に可菜子の姿が映りこむ。いたたまれなくなったのだろう、美熟女はリビングの出入り口に向かったところで足を止めた。

「好きでもない、大嫌いだというなら、気にする必要ないはずだわ」

彼女は何も言い返せぬまま、唇をキュッと噛みしめる。悲痛な面持ちを目の当たりにし、順平は今にも胸が潰れそうだった。

このままではいけない。どんな状況に置かれようと、迷うことなく本心を告げるのだ。

「あ、あ……」

口をぱくぱくさせると、理沙に臀部をピシャリと叩かれ、順平はようやく正気を取り戻した。

「か、可菜子さん！　行かないでください！　好きです、大好きなんです！　け、結婚前提で、ぼくとつき合ってくださいっ‼」

涙目で二度目の告白をしても、可菜子は決して向きなおらない。

やがて理沙は微笑をたたえ、鷹揚《おうよう》とした態度で口を開いた。

「今回の件に関しては、いくらでも謝るわ。とにかく私には垣原を可菜子に会わせた責任があるし、二人でよく話し合って、あとは好きにすればいいと思う」

沈黙の時間が流れるも、セレブな夫人は手コキをやめず、鼻から吐息を洩らしては首筋に唇を這わす。

「美貴！　いつまで、やってんの。行くわよ！」

「あぁンっ」

理沙に手を引っ張られ、美貴は名残惜しそうに離れた。

「私たちは出かけるから、納得いくまで何時間でも話し合って。済んだら、スマホに連絡してちょうだい」

女上司は仕事モードさながら、凜とした顔で言い放つ。そして美貴を引き連れ、リビングから颯爽と出ていった。

室内がしんと静まりかえり、二人だけ取り残される。

しばし肩で息をしていた順平は、俯く可菜子のもとにゆっくり歩み寄った。

手離したくない、この人といつまでもいっしょにいたいという情動に駆り立てられる。

「か、可菜子さん……気持ちを……聞かせてください」

縋りつくような目で訴えても、彼女は振り向かない。心の底から嫌われてしまったのか、それとも大きな怒りに打ち震えているのか。

「……可菜子さん」

再び呼びかけると、熟女はそっぽを向いたままポツリと呟いた。

「……しまったら？」

「え？」

下腹部を見下ろすと、ペニスはいまだに合わせ目から突きでており、フル勃起を維持している。

「す、すみません！」

順平は怒張をズボンの中に無理やり押しこみ、慌ててジッパーを引きあげた。

「ぎゃっ、ぎゃぁあぁぁっ！」

男の分身に猛烈な痛みが走り、膝から崩れ落ちて絨毯の上をのたうちまわる。

「ど、どうしたの⁉」

可菜子はようやく顔を向け、びっくりした表情で腰を落とした。

「は、は、挟まっちゃったんです！　チ、チ×ポがチャックに‼」

「えぇっ……ちょっ、ちょっと見せて」

苦痛に顔を歪めながら手を離し、熟女が身を屈めて恥部を覗きこむ。

「やだ……ホントに皮膚が挟まってる」

「ひっ、ひぃっ」

緊急事態にもかかわらず、柔らかい指が肉幹に触れただけで怒張がしなった。

「もう……少しは小さくさせられないの？」

「す、すみません……あ、そっと、そっとやってください」

目を閉じ、顔を真っ赤にして息むなか、皮膚がチャックから外れたのか、痛みがスッと消え失せる。ホッとした順平は、生き返った心地で息を吐きだした。

「赤くなってるけど、切れてはいないわ」

「あぁ、死ぬかと思った」

「オーバーね」

「女にはわからないんですよ。この痛みは」

「いいから、早くしまって」

今さらながら可菜子が頬を染めると、愛くるしい容貌に胸がときめいた。

身を起こし、意識せずとも猫撫で声で甘えてしまう。

「さすってくれないんですか？」

「バカなこと言わないで」

ムッとした熟女が腰を上げるや、順平も股間を両手で隠しつつ立ちあがった。

「返事、聞かせてください」

今度は真剣な顔つきで促せば、尖った視線が向けられる。

「本気で、つき合えると思ってるの？」

「……は？」

「友だち二人と関係を結んだうえに、こんな状況で大きくさせてる男と」

「そ、それは、単なる男の生理というやつで……」

「変態、浮気者、不誠実、口軽男に優柔不断男！」

間合いを詰められて後ずさるも、怒った表情もかわいい。思わずにやつくと、右手が伸び、頬をギューーッとつねられた。

「何、ニヤニヤしてんのよ！」

「い、痛いっ、痛いですっ」

「私たちのこと、理沙に話したんでしょ？」

「は、話してませんっ！」

「本当に話してないの？」

「本当ですっ！」

指が離れ、片手で頬を撫でながら釈明する。

「聞かれたんですけど、言いたくなくて、そこだけは言葉を濁したんです。もしかすると、察しているのかもしれませんけど、課長に伝えたのは可菜子さんに対するぼくの気持ちだけです。だから……答えを聞かせてください」

可菜子の顔から怒気が失せていくも、口は結んだまま。緊張感に身構えた直後、可憐な唇がゆっくり開いた。

「口軽男は訂正してもいいけど、それ以外は真実よね。まだ信用できないわ」

「そ、そんな……」

「当たり前でしょ！　しまってって言ってるのに、まだ出しっ放しだし」

美熟女はそう言うと、そっぽを向いて唇をツンと尖らせる。

もはや、限界だった。久しぶりに可菜子と相対し、様々な愛くるしい表情を見せられ、牡の証は爆発寸前まで昂っているのだ。

「か、可菜子さぁぁん！」

「きゃっ！」

「好き！　好きです!!」

その場で絨毯に押し倒し、唇を突きだしてキスを迫る。熟女は顔を背け、順平の顎を手で押し返した。

「は、離れなさい」

「可菜子さんが悪いんです。かわいすぎるから、我慢できないんです！　ほら、チ×コだってもうビンビンですっ」

「け、けだもの」

「ぼくの気持ちを受け止めてください」

「いやよ。こんなとこで」

「大丈夫ですっ！　課長、言ってましたよね？　話が済んだら、連絡してくれって。それまでは、帰ってこないですから！」

「あぁっ」

顔をグイグイ近づければ、細腕が震えだし、可菜子が弱々しい声をあげる。

「やっ……ンっ、ふっ」

ついに唇を奪った順平はすかさず舌を差し入れ、逃げ惑う舌を搦め捕った。

「む、ふうっ」

熱い息が吹きこまれ、とろりとした唾液がくちゅんと跳ねる。

甘くて清らかな粘液をじゅるじゅると啜りたて、スカートに潜りこませた手でむちむちしたヒップから太腿を撫でさすった。

「ンっ、ふっ、やっ、はンぅっ」

熟女は鼻からくぐもった吐息を放ち、身をくねらせる。手のひらを内腿沿いにすべらせた瞬間、両足が素早く狭まるも、柔肉は指の侵入を容易に受け入れた。

（あっ……濡れてるっ⁉）

ショーツの船底は、すでに愛液でぐしょ濡れの状態だった。

なんと、感度のいい女性なのか。態度や表情からはとても考えられない濡れっぷりで、いやよいやよと言いながら、性感をこれ以上ないというほど昂らせていたのだ。

ついに観念したのか、可菜子は脱力し、首に両手を回してきた。

（あ、ぐうっ！）

顔を微かに傾け、猛烈な勢いで舌が吸われる。激しいディープキスに目を剝きつつも、心の中で快哉《かいさい》を叫ぶ。

（やった！　可菜子さんのほうから！　うれしい！　うれしいよっ‼）

指先をくるくる回転させ、さらなる刺激を与えれば、柔らかい指が肉幹に巻きついた。

「む、ふっ！」

剛槍をシュッシュッとしごかれ、性感があっという間に沸点へ導かれる。

（やべっ。溜まってるから、手コキだけでイッちゃいそうだ）

暴発の再現は、二度とごめんだ。順平は下腹に力を込め、ショーツをヒップのほうから剝き下ろした。

「……あ」

可菜子が唇をほどき、手筒のスピードを弱めた刹那、ここぞとばかりに身を起こしてセミビキニの布地を引き下ろす。熟女はそうはさせじと手を伸ばしたが、指先は空を切り、順平は難なくショーツを足首から抜き取った。

「あ、やっ」

すぐさま両足を広げ、顔をデリケートゾーンに埋める。蒸れた恥臭と熱気が鼻腔を燻し、口を開け放つと同時に女肉の花にかぶりついた。

「ひぃ、ぃぃぃンっ」

しこり勃ったクリットを肉びらごと引きこみ、上顎と舌の上でコリコリと甘嚙みする。顔を左右に振り、唇クンニで女肉を撫でさすり、可菜子をその気にさせようと懸命な奉仕を繰り返す。

気持ちがいいのか、恥骨がツンツンと上下しだし、虚ろな表情で小指を噛む仕草が悩ましい。

胸が忙《せわ》しなく波打ち、鼠蹊部《そけいぶ》から内腿が瞬時にしてピンク色に上気する。さらには膣内に中指と薬指を差し入れ、鉤《かぎ》状にした指先で膣天井をこすりたてた。

「や、や、やあぁぁぁあっ」

上半身が反り返り、しなやかな手が絨毯を掻きむしる。そしてヒップを浮かし、腰をぶるぶると上下に振りたてた。

「はあはあっ」

女陰から口を離して様子を探ると、美熟女は目を閉じ、うっとりした顔つきをしている。

(イッたのか?)

順平は絶頂に導いた確信を得てから、ブラウスのボタンを外していった。

続いてスカートのファスナーを下ろし、クリーム色の布地を引き下げれば、きめの細かい肌が燦々とした輝きを放つ。

「おぉっ」

特に恥部のあたりはパウダースノウのごとくなめらかで、生唾を飲みこみながらスカートを抜き取り、間を置かずにブラウスの前をはだけさせる。

（おっ、フロントホックじゃないか？　ラッキー）

ホックを外したところで、張りと艶のある乳房がまろびだし、柑橘《かんきつ》系の匂いが悩ましげに揺らめいた。

「はあ、ふう、はああっ」

すっかり性獣モードに突入し、熱に浮かれた眼差しを注ぐ。ペニスがドクンと脈打ち、破裂しそうなほど膨張した。

（た、たまらん。これ以上は、我慢できんぞっ！）

セーターとシャツを頭から抜き取り、ジーンズのホックを外す。そのまま下着ごと剝き下ろせば、怒張が根元を支点にビンビン揺れた。

いざ挿入と、まなじりを決した瞬間、可菜子が身を起こしざまのしかかる。

「……あっ」

もんどり打って倒れこむや、熟女は目を吊りあげ、肉幹にほそやかな指を絡ませた。

充血の猛りを猛烈な勢いでしごかれ、あまりの快美に腰がバウンドする。

「ぬ、おおっ！」

目を見開いた直後、可菜子はそのまま唇を被せ、裏茎をベロベロと舐めあげてからペニスをがっぽり咥えこんだ。

くぽっ、ちゅぽっ、ちゅぶ、ぬぽっ、ぷぽっ、ぢゅるるるっ！

ヘッドバンギングさながら首を打ち振り、派手な吸茎音が室内に反響する。

とろみの強い唾液がまとわりつき、生温かい口腔粘膜が胴体をこれでもかと引き絞る。

「く、はぁぁあぁっ」

「ンっ！　ンっ！　ンっ！」

鼻から小気味のいい息継ぎが繰り返されるたびに、スライドが目に見えて速度を増していった。

どうやら過激なクンニリングスが、彼女の「女」を目覚めさせたらしい。

さらには顔をＳ字に振り、スクリュー状の刺激と快美を肉筒に吹きこんだ。

「はぁあぁっ」

可菜子は虚ろな表情でペニスを吐きだし、口唇の端から涎を滴らせる。

ねっとり紅潮した目元、捲れあがった唇。あだっぽい表情に脳幹が痺れ、牡の証が睾丸の中で暴れまわった。

「もう……挿れちゃうから」

美熟女は艶っぽい声で囁き、ブラウスとブラジャーを脱ぎ捨てる。そして腰を跨ぎ、下腹に張りついた剛槍を垂直に立たせた。

「あ、あ……」

二度目の情交に気が昂り、夢の中の出来事かと目をしばたたかせてしまう。

ペニスの先端が股ぐらにすべりこみ、熱いぬめりが宝冠部を包みこむと、順平はあまりの快感に顔をくしゃりと歪めた。

4

（あれ、本当に……可菜子なの？）

生真面目な友人が見せるふしだらな振る舞いに、美貴は息を呑んだ。

リビングには真正面の扉の他に、キッチンの横にも室外に通じるドアがある。

美貴と理沙は二人の様子が心配という言い訳を大義名分に、玄関口から迂回《うかい》し、リビングに舞い戻ったのである。

足音を忍ばせて突き進み、キッチンカウンターの袖から室内を覗きこめば、衝撃の光景が目に飛びこんだ。

彼らは三メートルほど離れた絨毯の上で、早くも淫らな行為に耽っていたのだ。大股を開いてのクンニリングス、絡み合う吐息、あたり一面に漂う熱気と発情臭。過激なフェラチオに至っては、とても控えめな性格の可菜子とは思えない。

ふしだらな水音が聞こえてくるたびに身体の芯が熱くなり、唇を舌で何度もなぞりあげた。

理沙も、同じ気持ちなのだろう。

美貴は膝立ちから四つん這いの彼女に覆い被さるような恰好をしており、下方からぬっくりした体温が昇ってくる。

(理沙の推測どおり、あの二人……やっぱり男女の関係になってたんだわ)

可菜子は順平の腰に跨るや、ブラウスとブラジャーを忙しなく剝ぎ取り、丸々としたヒップを沈めていった。

(あ、やだ……入っちゃう、入っちゃう)

夢にまで見た巨根が、小振りな陰唇を目いっぱい押し広げる。美貴と理沙は彼らの斜め後ろの位置におり、挿入口は丸見えの状態だ。

雁首が膣口をくぐり抜けず、可菜子の狂おしげな声が聞こえる。

「あ、あンぅぅっ！」

尻肉がふるんと揺れた刹那、張りだした肉傘がくちゅんという音とともにとば口を通過した。

「い、ひっ！」

奇妙な呻き声が聞こえると同時に、子宮がジンジンひりつく。すりこぎ棒を思わせる肉棒はあっという間に根元まで埋めこまれ、艶やかな陰唇がゴム輪のごとく広がった。

（あぁ、入っちゃった。そうなのよ……あのおチ×チン、息が詰まるほどすごいんだから）

理沙も男根の感触を思いだしているのか、瞬きもせずに見つめ、喉をコクンと鳴らす。

「か、可菜子さん……気持ちいいっす」

「う、動いちゃ……だめだからね」

可菜子は念を押したあと、ヒップをゆっくりスライドさせ、膣から姿を現した肉棒の裏筋沿いに透明な雫がツツッと滴った。

大量の愛液が功を奏したのか、次第にスムーズなピストンに移行し、卑猥な肉擦れ音が耳にまとわりつく。

「やぁン、う、ふぅぅン」

子猫のような泣き声が洩れはじめると、美貴は目をとろんとさせ、乳房を手ずから寄せて引き絞った。

（あぁ、やだ……私もほしくなっちゃう）

女芯のひりつきが収まらず、ワンピースの下に手を伸ばせば、ショーツのクロッチは潤み、淫蜜が布地を通して滲みだしていた。

「はあぁっ、いい、気持ちいいわぁ」

性感に火がついたのか、可菜子のよがり声が室内に反響しはじめる。同時にスライドがピッチを上げ、剛直の抜き差しが勢いを増した。

「そ、そんなに気持ちいいんすか？」

「はあはあ、はあぁぁぁっ」

「可菜子さん、気持ちいいんすね？」

「うるさいわね。少しは黙って」

痴話喧嘩《ちわげんか》としか思えぬ仲睦《なかむつ》まじさが、心の底から羨ましい。

美貴はショーツの脇から指を忍ばせ、肉の尖りを掻きくじいた。

（あぁ、やだ……すぐにイッちゃいそう）

喉がカラカラに渇き、何度も生唾を飲みこむ。理沙の頬もいつしか真っ赤に染まり、白いパンツ越しのヒップがわなないているように思えた。

右指で自身のクリットをこねまわしつつ、左手をパンツの基底部に押し当てれば、秘部は熱く火照っている。

理沙は全神経を目の前の淫景に集中させているのか、拒絶の姿勢を見せない。

（あ……すごいわ）

可菜子は背筋を伸ばし、トランポリンをしているかのようにヒップをバウンドさせた。

腰がくなくな揺れ、背中が白蛇のごとくくねる。結合部はおびただしい量の花蜜でぬめり返り、筋張った怒張がてらてらと照り輝いた。

「あぁ、いいっ、いいいンっ！　おっきくて硬いっ」

「ぼくも、最高に気持ちいいっす！　イッてもいいですか？」

「だめよ！　何言ってんのっ‼」

可菜子は甲高い声で叱責し、腰の動きを止めたあと、官能的なカーブを描くヒップをぐりんと回転させた。

「ぬ、ぐううっ」

順平が苦悶の表情で呻き、こめかみの血管を膨らませる。

再び苛烈なスライドが始まると、男根がひと際膨張し、飴色の極太に青筋がびっしり浮きでた。

射精欲求が極限まで達しているのか、太腿の筋肉がピクピク震えだす。

「ああ、そんなに動いたら……も、もうだめですっ！」

「きゃっ」

順平は可菜子の肩に手を添え、強引に体位を入れ替えた。

「い、やあぁあああぁっ!!」

正常位の体勢から怒濤のピストンが繰りだされ、逞しい肉根が残像を起こすほどぶれる。バチンバチーン、ぐっちゅぐっちゅと、凄まじい猥音が絶え間なくこだまする。

（はあぁっ……こっちも我慢できないわ）

干上がった肉体が淫蕩な刺激を求め、レズっ気を出した美貴は背後から理沙に覆い被さり、首筋に唇を這わせた。

「あぁン、理沙」

「……ちょっ」

彼女は肩越しに困惑の眼差しを向けたが、パンツの船底を指先でさすれば、切なげな顔で唇を歪める。

「はっ、ンっ……やめ、くふぅ」

すっかり発情してしまい、今や理性が働かない。さらにのしかかった瞬間、理沙の肘《ひじ》がくの字に折れ、バランスが大きく崩れた。

5

（……あっ！）

キッチンカウンターの袖から、理沙と美貴が倒れこむように姿を現す。

想定外の出来事に言葉をなくした可菜子は、信じられないといった表情でたじろいだ。

順平は性獣と化しているのか、二人の存在に気づかぬまま一心不乱に腰を打ち振っている。

足を閉じることはできず、結合部は彼女らから丸見えのはずだ。

「やっ、やぁあぁぁぁっ！」

「あ、つうっ！」

腕に爪を立てて異常事態を訴えれば、順平は律動をストップさせ、何事かと眉をひそめた。

こちらの視線があらぬ方向に向けられていることに気づいたのか、怪訝な顔つきで肩越しに振り返る。

「お、おわっ！」

「いったぁい……あっ」

室内がしんと静まりかえり、重苦しい雰囲気が漂った。

美貴はしまったという顔をしたものの、開きなおったのか、舌なめずりしながら這い寄った。

「あ、あんたたち、何……やってるの？」

「やらし……おっきなおチ×チンが、ずっぽし入ってるわ」

自己中な親友は問いかけに答えず、順平の腰に手をあてがい、股の付け根を覗きこむ。

「あ、美貴さん。何を!?」

「ちょっと！」

理沙に目を向ければ、彼女も頬を真っ赤に染め、右手で胸を揉みしだき、左手を股のあいだに差し入れていた。

すでに発情しているのか、唇のあわいから湿った吐息が洩れ聞こえる。

「あぁン、順平くん。可菜子を早くイカせてあげて」

「あ、ぐうっ」

美貴は順平の腰を両手でぐいぐい押しこみ、肉棒が再び怒濤のスライドを開始した。

「や、やはぁあぁぁっ」

「ぬ、おおぉぉっ」

「り、理沙……止めて、止めてぇ」

黄色い声で訴えたものの、理沙はなぜかパンツをショーツごと下ろし、足首から抜き取る。そして下腹部を露出したまま駆け寄り、可菜子の乳房を手のひらで練りまわした。

「あ、いやっ！」

「可菜子、ごめん……もう我慢できないの。最後にもう一回だけ垣原と。いいでしょ？」

「い、いや！　もう絶交……ン、ふわぁあぁっ」

ピストンの回転率がいちだんと増し、鋼の蛮刀が膣内粘膜を隅々まで抉りたてる。どう考えても、順平自ら腰を動かしているとしか思えない。

「あなたも、何やってんの！　抜きなさいよ！」

「ご、ごめんなさい！　腰が止まらないんですっ!!」

「あ、やぁあぁっ！」

異常なシチュエーションに昂奮したのか、パンパンに膨れあがった牡の肉が大きなストロークから抜き差しを繰り返した。

同時に理沙の右手が股間に伸び、敏感状態のクリットをこねまわす。官能のパルスが脳幹を灼き、悦楽の奔流が甘いしぶきと化して全身に拡散した。

「お、あっ！　美貴さん！　タマキンをそんなに撫でたら、すぐにイッちゃいます！　くほっ!!」

「もう、バカぁぁっ！　みんな、大嫌いっ!!」

悲鳴に近い声で悪態をついた直後、快楽の高波が続けざまに襲いかかり、怒りとショックを呑みこんでいく。

自分の意思とは無関係に、可菜子は絶頂に向かって一直線に駆けのぼった。

「あっ、やっ、やっ」

上体を仰け反らせ、口を真一文字に結ぶ。意識が焼き切れ、女の大切な箇所が屈辱的なほど熱くなる。

えらの張った出っ張りが膣天井を強烈にこすりあげた瞬間、閉じた瞼《まぶた》の裏で火花が弾け、全身が心地いい浮遊感に包まれた。

(あっ……イクっ、イックぅぅぅっ)

汗の皮膜をまとった肌をさざめかせ、天空に向かって舞いのぼる。

ヒップを派手に震わせた可菜子は、黒目をひっくり返して極彩色の光の中に飛びこんでいった。

6

「可菜子、イッたみたい」

理沙に言われるまでもなく、エクスタシーに達したことは粘膜を通してはっきり伝わった。

こなれた膣肉が、収縮しては男根をグイグイ引き絞る。

（す、すごい締めつけ……俺も、イッちゃいそうだよ）

突然の事態に肝は冷やしたものの、順平は究極の射精に向けて腰をしゃくりあげた。

「む、むうっ」

歯を剝きだし、肛門括約筋をひくつかせた刹那、またもや想定外の出来事に見舞われる。ウエストに美貴の細腕が巻きつき、女とは思えぬ力で引っ張られ、あっと思ったときには怒張が膣から抜け落ちた。

可菜子は小刻みな痙攣を起こしたまま、ぽっかり空いた膣穴から恥液をドッと溢れさせる。不本意ながらも絨毯の上に仰向けに倒れこんだ直後、理沙が大股を開いて腰を跨いだ。

「あっ、ずるいっ！」

遅れを取った美貴は悔しげに言い放ち、すぐさま立ちあがってワンピースを脱ぎはじめる。

「あ、ふぅぅン」

愛液まみれの肉棒が股ぐらに押しこまれ、すでに受け入れ体勢を整えていた恥割れは圧倒的な威容を誇るペニスを難なく招き入れた。

　肉厚の膣襞が胴体にへばりつき、奥へ奥へと導かれる。肉槍が根元まで埋没するや、理沙は足をM字に開き、大きなストロークで腰を打ち振った。

「あ、はぁあぁぁン」

「ぐ、おおっ！　か、課長……激しすぎ、むむっ！」

　コチコチの肉棒が目にもとまらぬ速さで抜き差しを繰り返し、強烈な圧迫感に息が詰まる。

「いい、いいのぉ！　おチ×チンがゴリって、気持ちいいとこに当たって、すぐにイッちゃいそう！」

「あ、あ、あ……ぼくもイキそうです！」

「だめ、だめよ、もう少し我慢して！」

「そ、そんなぁ」

　ただでさえ、可菜子との情交で射精寸前まで追いこまれていたのである。

　多少のインターバルなど何の役にも立たず、煮え滾った性感は瞬時にして器から溢れる直前まで達した。

　奥歯をギリリと嚙みしめ、必死の形相で放出の先送りを試みる。

「あン、やン、やン、気持ちよすぎて、下品な声が出ちゃう！」

「り、理沙、早く、早く代わってっ！」

いつの間にか全裸になった美貴は、よほど切羽詰まっているのか、順平の顔を跨ぎ、こちらも大股を開いてヒップを沈めた。

もっちりした尻肉が鼻と口を塞ぎ、ぬるりとした感触に続いて蒸れた媚臭が鼻腔粘膜を突きあげる。

「うぷっ、うぷぷぷっ！」

「舐めて！　おマ×コ、舐めて!!」

「ぬぐぐぐっ！」

目眩《めまい》がするほどの圧力に意識を朦朧とさせる一方、本能の成せる業か、順平は舌をうねりくねらせては秘裂を舐めあげた。

「い、ひぃぃぃ！　いい、おマ×コいいっ！　もっと、もっとよぉ!!」

理沙のヒップが太腿をバチンバチーンと打ち鳴らし、美貴の恥部がスライドするたびにぐっちゅぐっちゅと卑猥な音が響きたつ。

顔と下腹部をふたつの巨尻に支配され、苦しさは半端ではなかったが、頭の中は愉悦の暴風雨が吹き荒れた。

理沙が恥骨を前後に振りたくった瞬間、ソプラノの嬌声が空気を切り裂く。

「ああっ、イクっ、イッちゃう、イクイク、イックぅぅぅン！」

腰のスライドがピタリと止まり、女肉の振動がペニスの芯まで伝播した。

「どいて！　次は、あたしの番なんだから!!」

「……きゃっ」

どうやら、美貴が理沙の身体を押しのけたらしい。

ヒップが浮きあがると同時にペニスが膣から抜け落ち、新鮮な空気が肺を満たしていく。

「はあはあはあっ」

荒い息を吐きだしたところで、セレブな夫人は身体を反転させ、愛液でどろどろのペニスに跨がった。

「……ああっ」

熟女三人の花びら大回転に、もはやまともな思考は働かない。

ぼんやりした視線を注ぐなか、肉棒はみたび肉洞の中に導かれ、恥蜜でぬめりかえった淫肉が怒張を覆い尽くしていった。

「きゃふんっ！　なんて大きくて硬いの……おかしくなっちゃう、おかしくなっちゃうっ！」

　理沙に負けじとばかり、美貴もしょっぱなからのフルスロットルで赤黒く鬱血《うっけつ》したペニスを蹂躙《じゅうりん》した。

「く、ぐうっ……も、もう……我慢できません！」

「もう少し待って！　あたしも、すぐにイクから……あ、おおぉぉ!!」

　頭を起こして結合部を注視した刹那、視界の隅に可菜子の姿が映りこむ。

（……あ）

　美熟女は寝そべったままだったが、すでに我に返り、涙で膨らんだ瞳をこちらに向けていた。

　なぜ、為すがままになっているのか。どうして拒絶しないのか。

　非難に満ちた眼差しが心臓を貫くも、巨大な快感が五感を麻痺させ、身体に力が入らない。

　やがて気分が悪くなったのか、可菜子は身を起こし、口元を手で押さえながら出入り口に駆けていった。

（あ、あ……か、可菜子さん）

　心の声は言葉にならず、リビングから出ていく姿を呆然と見送る。

嫌われた……嫌われてしまった。

やっとのことで二度目の情交を叶え、交際まであと一歩というところで、とんでもないどんでん返しが待ち受けていた。

理沙や美貴を責める資格はない。愛する人の友人と肉の契りを交わしてしまった己の弱さが、いちばんの原因なのだ。

あとを追いかけなければと思っても、身を起こすことすらできない。

「ぬ、ぐうっ」

頭の芯は妙に冴えているのに、下腹部は別人格とばかりに奮い立ち、萎える気配をまったく見せなかった。

「んっハァァァあッ、あいいィン、んあッ、イクっ、イッちゃう！」

こちらの心の内などどこ吹く風とばかり、美貴が猛烈な勢いで腰を打ち振る。

気持ちとは裏腹に、牡の欲望はグツグツと沸騰し、出口を求めて暴れまわった。

「イクっ、イクっ、イックぅぅぅン！」

まろやかなヒップがわななき、収縮した媚肉が男根を縦横無尽に引き転がす。

「あ、ぐっ、イクっ、イッちゃいます！」

眉をハの字に下げて放出の瞬間を訴えれば、美貴は膣からペニスを引き抜き、身体をズリ下げて怒張に指を絡ませた。

同時に理沙もかぶりつき、愛液でどろどろの勃起に唇を被せる。

肉胴をしごかれ、敏感状態の亀頭をじゅるじゅると啜られ、次々に襲いかかる情欲の戦慄に目をカッと見開いた。

「あっ……イクっ、イクっ」

「出して！　たくさん出して‼」

美貴が裏返った声で促し、理沙がふっくらした唇を宝冠部から胴体にすべらせる。

「どこが気持ちいいの？　先っぽ？」

「は、ふぅぅぅっ‼」

柔らかい指先が雁首から鈴口をなぞりあげた瞬間、射精への導火線に火がつき、快楽の花火玉が腹の奥で爆ぜた。

「イクっ、イックぅぅっ！」

「きゃっ！」

「いやぁン」

濃厚な牡のエキスが高々と跳ねあがり、放物線を描いて自身の首筋を打ちつける。放出は一度きりで終わるはずもなく、臀部をバウンドさせるたびに性の号砲を轟かせた。

「すっごい……跳ね飛んでる」

「まだ出るわっ！」

感嘆の声は、もはやどちらがあげているのかわからない。

白濁の噴流は合計九発を数えたところで収まり、精も根も尽き果てる。

頭を絨毯に沈めたとたん、二人の熟女は先を争うかのようにペニスにむしゃぶりつき、尿管内の残滓《ざんし》を一滴残らず絞りだした。

「はっ、ふぅぅン……おチ×チン、全然小さくならないわ」

「あと、もう三回ぐらいはイキそう」

理沙と美貴はそう言いながら、体液まみれの肉棒をぴちゃぴちゃと舐《ねぶ》りまわす。

熟女の飽くことなき情欲におののくも、今は何も考えられない。

「……はあっ」

深い溜め息をついた瞬間、視界の隅にまたもや可菜子の姿が映りこんだ。

（……あ）

我に返り、冷や水を浴びせられたように血の気が失せる。

目を伏せた美熟女がゆっくり近づいてくると、理沙と美貴も気づいたのか、慌てて身を起こした。

「か、可菜子」

「あ、あの……ごめんなさい。落ち着いて」

二人の親友の言葉に答えることなく、可菜子は表情を変えぬまま歩み寄る。

冗談ではなく、本当に殺されるかと思った。

恐怖に身を竦めた直後、彼女は目の前で正座し、思いがけぬ言葉を放った。

「……できたかも」

「え？　な、何？」

理沙の問いかけに、可菜子は息を吸いこんでから顔を上げ、はっきりした口調で答えた。

「赤ちゃん」

あまりにも唐突な発言に、思考が焼ききれる。

「あ、赤ちゃんって……ひょっとして……部屋を出ていったのは、つわりだったの？」

美貴が恐るおそる問いただし、可菜子がコクリと頷く。

麗しの未亡人との性交渉は一度きりで、まさか大当たりを引いてしまうとは。

想定外の事態に、順平はただぽかんと口を開け放つばかりだった。

「生理が遅れてるから、おかしいとは思ってたの。不妊治療してもできなかったのに……自分でも信じられないわ」

可菜子はひと呼吸置いてから、言葉を重ねる。

「理沙、美貴」

「は、はい」

「これきりにしてね。赤ちゃんの父親に手を出すのは」

二人の熟女はたじろいだあと、作り笑いを浮かべて申し開きした。

「も、もちろんよ！　さっきも言ったでしょ！　今回だけって……ね、美貴」

「そ、そうよ。順平くんに特別な感情があるわけじゃないんだから、や、約束するわ！　二度と手を出さないって！」

いまだに愕然とするなか、可菜子の視線が向けられる。菩薩を思わせる微笑を目にした瞬間、額に脂汗が滲んだ。

平手が胸板に打ち下ろされ、バッシーンと甲高い打擲音が鳴り響く。

「いったぁぁっ！」

「きゃっ！」

あまりの迫力に理沙と美貴は悲鳴をあげて仰け反り、順平は苦悶の表情でのたうちまわった。

エピローグ

ゴールデンウイークが明け、順平は杉原家が経営するとなりのアパートに引っ越した。

可菜子はやはり妊娠しており、来年の二月には自分の子供が生まれる。

図らずも、二十三歳という若さで父親になるのだ。

二人揃って互いの親に報告したときはひたすら驚かれたが、真摯な態度で結婚したい旨を告げ、正式な婚約をした今では応援してくれている。

憧れていた美熟女を我が物にし、しばらくのあいだはこの世の幸せを噛みしめていたのだが……。

「ちょっと、まだ寝てるの？　起きなさいよ。会社に遅刻しちゃうじゃない」

可菜子は合鍵を使って部屋に入り、夢うつつの順平を揺り動かした。

彼女は毎朝起こしにきてくれては、朝食を作ってくれるのだ。

「ううん……」

目覚まし時計をぼんやり見つめれば、午前七時前で、出社の時間まで一時間以上もある。

「は、早すぎますよ。もう少し寝かせてください」

寝返りを打って答えると、掛け布団の下半分が捲られ、パジャマズボンと下着がゆっくり引き下ろされた。

ペニスにぬめっとした感触が走り、くちゅくちゅ、ちゅぷちゅぷと淫らな擦過音が響いてくる。

「ん、むむっ」

まどろみから覚め、困惑の視線を向ければ、可菜子はペニスを咥えこみ、顔を上下に振っていた。

「あ、あ……む、無理ですよ。昨日の夜、二回も出したばかりじゃないですか」

美熟女は怒張を吐きだし、上目遣いにねめつける。

「何言ってんの。こんなに勃起させといて」

「それは、単なる朝勃ちですから」

「違うわ。まだ出し足りないのよ。二度と悪さができないように、一滴残らず搾り取っておかないと」

「そ、そんな……あ、くうっ」

旅行から帰ってきた次の日から、可菜子はひっきりなしに部屋を訪れては牡の精を放出させた。

いくら性欲漲る年頃とはいえ、こう何度も抜かれたのでは身体が保たない。それでも柔らかい唇と生温かい口腔粘膜の感触に、ペニスは節操なく反り返る。

「う、浮気は……絶対にしませんから」

「信用できないわ」

「ぐ、ほう」

可菜子は首を螺旋状に振り、とろとろの口腔粘膜で男根を引き絞った。

「ああ、そんなことしたらイッちゃいますよ」

「いいわ、たっぷり出して。全部、飲んであげる」

「はひっ、はひっ」

毎日のお務めが女性ホルモンを活性化させているのか、美しい未亡人の肌は艶々と輝いている。

（あぁ……俺、どうなっちゃうんだ？　こんな調子で、やっていけるのかよ）

彼女は性に対して貪欲な理沙や美貴の親友であり、熟れざかりを迎えた女性なのだ。

大きな不安の影に怯える一方、性感は上昇の一途をたどり、睾丸の中の白濁液が射出口をこれでもかと突きあげた。

「ああ……イクっ、イッちゃう」

可菜子は一心不乱に顔を打ち振り、頬を鋭角に窄めて男の分身を啜りあげる。

感電にも似た甘い衝動が身を包みこんだ瞬間、順平は口元を引き攣らせながら残るありったけのザーメンを吐きだした。

三交社文庫
SEJ-040

となりの豊熟未亡人

2021年2月15日　第一刷発行

著　　者　早瀬真人
発 行 者　岩橋耕助
編　　集　株式会社メディアソフト
〒110-0016
東京都台東区台東4-27-5
TEL. 03-5688-3510（代表）　FAX. 03-5688-3512
http://www.media-soft.biz/
発　　行　株式会社三交社
〒110-0016
東京都台東区台東4-20-9　大仙柴田ビル２F
TEL. 03-5826-4424　FAX. 03-5826-4425
http://www.sanko-sha.com/
印　　刷　中央精版印刷株式会社
装丁・DTP　萩原七唱

ISBN978-4-8155-7540-3